金子みすゞをうたう

みんなを好きになりたいな

吉岡しげ美　絵・はたよしこ

クレヨンハウス

目次

ブックデザイン・丸尾靖子

金子みすゞをうたう　みんなを好きになりたいな

私と小鳥と鈴と

私が両手をひろげても、
お空はちつとも飛べないが、
飛べる小鳥は私のやうに、
地面《ちべた》を速《はや》くは走れない。

私がからだをゆすつても
きれいな音は出ないけど、
あの鳴る鈴は私のやうに
たくさんな唄は知らないよ。

鈴と、小鳥と、それから私、
みんなちがつて、みんないい。

みんなちがって、みんないい

1983年にみすゞの詩に出会って、このことばにとても惹かれました。その頃は、「みんなちがって、みんないい」という時代ではなかったからです。「日本人はこうあるべき」ということからはじまって、母は、娘は、大人は、子どもは、という型が有形無形に存在していました。

わたし自身は、型にはまった母親でも音楽家でもなかったし、そうありたくないという思いが強かったので、「みんなちがって、みんないい」ということばに救われる思いがしました。いろいろな生き方を、おたがいが認め合うやさしさがあったら、ぎすぎすしない世の中ができるのになー、と思わされた詩です。

みすゞが生きたのは大正デモクラシーの時代でしたから、その思想がこの詩のなかにも生きているような気がします。彼女は「みんなちがって、みんないい」というやさしいことばで、現代のわたしたちに語りかけてくれています。

大正デモクラシー後の日本は戦争への道をひた走り、どんどんひとびとが窮屈になっていき、敗戦になったら今度は、新しい豊かな日本をつくるために一丸となって進んでいかなければなりませんでした。それぞれのちがいなんてとても認め合えなかったし、反対に、ちょっとでもはみだしたひとを、パワーにならないからと認めないまま、いままできてしまったのではないでしょうか。教育にしても、ひとつの型にはめたほうがラクだったのでしょう。

いまの日本人がこの詩に惹かれるのは、「みんなちがって、みんないい」という社会ではないから……。こころのなかで、それぞれが窮屈を感じているからだと思います。

アメリカのカリフォルニア州バークレー市に2年間住んだことがあるのですが、息子の通っていた公立の幼稚園では、いろいろな人種が集まっていて、髪の毛や肌の色がさまざまでした。バークレーでは、障害のあるひとが車椅子で自由に外出し、買物をしたり、食事をしたり、息子のクラスで授業をしてくれたり……。人種や障害をこえて、いろいろな個性が生き生きと、ともに暮らしていました。

息子の幼稚園で「みんなちがって、みんないい」とうたったのですが、思った以上の共感を得ることはできませんでした。それぞれの個性を認め合うことがあたりまえだったから、あえてそう言わなくてもよかったんですね。

日本にもやっと、それぞれを認め合おうという兆しが生まれてきました。いまはまだ、「みんなちがって、みんないい」ということばひとつで解き放たれ、連帯感をもっている段階ですが、この詩が必要じゃなくなったほうがうれしいですね。

わたしは、以前から「いのち」というものにこだわってきましたが、いま、人間のいのちだけではなく、草木も含め、「地球に存在するあらゆるいのち」に、多くのひとが注目しはじめてきたような気がします。

それぞれの個性を尊重し合う目をもつこと、そのことがとてもたいせつだと思われます。

木

お花が散って
實が熟《う》れて、
その實が落ちて
葉が落ちて、

それから芽が出て
花が咲く。

さうして何べん
まはつたら、
この木は御用が
すむか知ら。

そうして何べんまわったら

花が散って、実が熟れて、葉が落ち、芽が出て……。簡単で、少ないことばの詩ですが、最後の2行で、はっとさせられます。

わたしはかなり感情移入をして、この詩を読んでしまうのですが、わたしにとっての「御用」は、生きていかなければならない責任や、つらさ。むなしくなったり、落ち込んだり、生きていることに疲れてしまったなと感じるとき、「何べんまわったら、（わたしの人生の）御用がすむか知ら」と、ついつい、ため息まじりに思ってしまうことがあるのです。

木は、何百年という長い時間を、いのちを繰り返しながら生きている……。

春になって咲いた桜を見ると、「また今年も、よく咲いてくれたなあ」と、いのちの流れのすごさを感じます。元気な木も、疲れたような老木も、ずうっと昔から、こうやって花を咲かせ続けてきたんだな、と思わず「ごくろうさま」と言いたくなります。

海《うみ》の魚《さかな》はかはいさう。／（略）

なんにも世話《せわ》にならないし／いたづら一《ひと》つしないのに／

かうして私《わたし》に食《た》べられる。（『お魚《さかな》』より）

この詩にうたわれた「お魚《さかな》」もそうですが、誰にも迷惑をかけず、木はそこに存在しているのです。木も、草も、ひとも、すべての生きものが、毎日や毎年というサイクルのなかで、さりげなく生と死を繰り返しています。

自然のなかのいのちあるものに目を向けると、いのちの連鎖が見えてきます。どうぶつも植物も、ひとも、この同じテーマを背負いながら、ともに生きているのです。ひとのいのちは終わっても、こぼれた種から花が開くように、また誰かへと受け継がれていく。

それがわかるには、歳を重ねて人生の経験をつんでからでしょうが、20歳の頃にみすゞがつくったこの詩には、いのちのすべてが表されています。しかも、とても純粋にいのちをとらえていて、つらさやよろこびを感情的にうたいあげるのでなく、淡々と語りかけてきます。

みすゞの詩は、そのときの、そのひとのこころを映し出す万華鏡。こころに響いて、いやおうなしに自分自身と向き合わされ、隠れていたものに光をあてて見せてくれます。年齢に関わらず、いつも持っていたい本質的な思い、ドキドキする気持ち、新鮮に思う気持ちがよみがえってきて、それまで眠っていたいのちが活性化させられるのです。

人生は花が開くときも、実がなるときも、葉が落ちたときも、それぞれのときが大事なんだよ。輝かしい瞬間を求めて生きるばかりでなく、どの瞬間も同じようにたいせつなんだよと、この詩はわたしに語りかけてきます。

『私と小鳥と鈴と』のように「みんなちがって、みんないい」と、ちがいを認め合うことと同じように、どのいのちも同じだと思えればこそ、個としてのおごりがなくなって、おたがいがもっと慈《いつく》しみ合えるはずだと思うのです。

お日さん、雨さん

ほこりのついた
芝草を
雨さん洗つて
くれました。

洗つてぬれた
芝草を
お日さんほして
くれました。

かうして私が
ねころんで
空をみるのに
よいやうに。

空を見るのによいように

さわやかな自然のなかにいる少女をイメージして曲をつくりましたが、このなごやかであたたかい詩に、わたしはなぜか町内会をイメージしてしまうのです。ひとびとがみんなニコニコし、生き生きとし、さりげなく助け合いながら暮らしている。身近な自然をたいせつにし、生活のなかで光や風や雨となかよく共存している……。そこには、ほかのひとに支えられていることを忘れてしまって、声高に個性や自由と言いながら、実のところは自分勝手と勘ちがいしているような、いまの世の中と、まるっきり反対の世界があります。

芝草に寝ころんで空を見上げながら、こうして空を見ていられるのは、雨が芝草を洗ってくれたから……お日さんが芝草をほしてくれたからなんだな。そう思えることって、なんてしあわせで、豊かなことでしょう。

いまのわたしたちは、時間の切り売りをしながら、前へ前へと、ただ進むしかなくて、たえず目に見える結果だけが気にかかる。すべてをお金で換算してしまう……。芝草に寝ころんで思いを馳せる、そんな時間さえ持たなくなってしまっていた。だからこそ、この詩の世界が必要なのだと思うのです。

もうひとつ、いまの社会への警鐘として響いてくる詩が、『土と草』です。

母さん知らぬ／草の子を、／なん千萬の／草の子を、／土はひとりで／育てます。／草があをあを／茂つたら、／土はかくれて／しまふのに。（『土と草』より）

この世の中で、草に隠れて見えなくなってしまう土になろうと志すひとは、そういないでしょう。自己中心的になって、だれにも助けられずに生きているんだ、と思いすぎているひとがあまりにも多いように感じます。わたし自身も、「わたしの人生は、わたしひとりで切り開いてきたのよ」という自負心が強いせいか、この『土と草』には、はっとさせられる思いがします。

ふたつの詩は共通して、自然の営みが無償の愛や行為で満ちているということを気づかせてくれます。いまはすべてが整って与えられているために、自分の力だけで生きていると錯覚をおこしがちで、いろんなひとの力が働いて自分が存在しているということが、見えなくなっているのではないでしょうか。それに、自分から何かをするにも、たえず代償を求めてしまいます。子育てにしても、はじめは丈夫に育ってくれればいいと思っていたのが、ほかの子よりいい学校に入ってほしい、立派になってほしいと欲が出てきたり、子どもが優秀な学校に入れたのは〝わたしのおかげ〟と自分の勲章のように感じたり、子どもに育てた恩を着せたり、感謝されて当然だと思ってしまったり……。

本来は、ひととひとの関わりも、自然界と同じように、損得ではない無償の愛や行為に包まれているはず。そうした豊かな人間関係や愛を、わたしたちはすっかり忘れてしまったのではないでしょうか。

自分がしあわせであればいい、ひとよりも豊かな生活をしたい、自分だけが光り輝いていればいい。そんな現代の競争社会そのままの物質的な考えから自由になって、ゆったりと空を見上げながら、こころ豊かになりたいと思うのです。

帆

港に着いた舟の帆は、
みんな古びて黒いのに、
はるかの沖をゆく舟は、
光りかがやく白い帆ばかり。

はるかの沖の、あの舟は、
いつも、港へつかないで、
海とお空のさかひめばかり、
はるかに遠く行くんだよ。

かがやきながら、行くんだよ。

はるかに遠く行くんだよ

みすゞの故郷の仙崎を訪れると、いまでも水平線に舟が浮かんでいて、晴れた日には、遠くで舟がちかちかと輝いて見えます。

彼女は、この詩の光り輝く舟に、これからの希望や輝く人生を、詩を書き続けたいという少女のときの思いを見ていたのではないか。そして、近くに来ると古びて見える舟には、現実の自分を重ねていたのかもしれないと思ってしまうのです。

わたしは、みすゞの詩のなかに、どうしても、彼女の人生への思い、女としての叫びのようなものを感じてしまいます。『光の籠』『げんげの葉《は》の唄《うた》』『帆』と、コンサートではこの3つを続けてうたっていますが、ここにみすゞの人生のストーリーが見えてくるような気がします。

光の籠はやぶれるの、／ぱつと翅《はね》さへひろげたら。／だけど私は、おとなしく、／籠に飼はれて唄つてる、／心やさしい小鳥なの。（『光の籠』より）

光り輝く舟に思いを馳せても、現実はいまひとつ……。どうやって羽ばたいていいのかも、わからない。彼女の人生は、まさに見えない誰かに飼われている小鳥のようなものだったのだろうと思います。

さらに『げんげの葉の唄』では、花ではなく、花のなかに隠れて目立たぬ葉っぱで、「私《わたし》を摘《つ》む手《て》は／ないか知《し》ら」とうたっています。

一生懸命詩を書きたいと感じながら、自分のなかに入り込んでしまった故郷の因習。そこからなんとかして飛び立ちたい、というみすゞの気持ちがひしひしと伝わってくるような気がします。でも、舟は迎えには来てくれないで、空と海の境目にいるばかり……。輝く舟には、都会での童謡運動に対する思いもあったはずです。東京でもっと活躍したかったのでしょうが、それができなかったのが、彼女にとっては悲劇でした。

みすゞは、自分へのまなざしの強いひとだったと思います。当時、女のいちばんのしあわせは、いい夫を見つけて嫁ぎ、次世代のいのちを生んで、血や家系を絶やさないようにすること。類いまれな観察力があり、自由なこころ、ものを書くこころで生きていた彼女は、それでは満足できなかったと思うのです。でも夫は明治に生まれた当時の男で、ものを書く女は何を考えているのかわからなかったのでしょう。ステージのちがう者同士、おたがいをぶつけ合うこともできなかったし、いろいろな歯車が悪く絡み合って、彼女の結婚は、不運なものとなってしまったのだと思います。

彼女が仙崎を出て東京へ行かなかったのは、ひとが傷ついたり悲しんだりするのを好まず、相手や状況を思いやる気持ちが強くやさしすぎたから。そして、いろんなことを考えすぎたからなのかもしれません。それは、当時多くのひとが抱えていた精神構造だったとも言えます。

現代にも、こころのなかで自分を「光の籠」にひっぱり込んでしまっている多くの女性がいます。みすゞの時代と比べると、いまはもっと自由に、自分ひとりで羽ばたくこともできるはずなのに……。

わらひ

それはきれいな薔薇いろで、
芥子つぶよりかちひさくて、
こぼれて土に落ちたとき、
ぱつと花火がはじけるやうに、
おほきな花がひらくのよ。

もしも泪《なみだ》がこぼれるやうに、
こんな笑ひがこぼれたら、
どんなに、どんなに、きれいでせう。

ぱっと花火がはじけるように

この詩に曲をつけたのは、阪神・淡路大震災と地下鉄サリン事件があった1995年でした。暗い色で塗りつぶされたような年でした。みすゞの詩と出会った当初はあまり気にとめなかったこの詩が、その頃突然、わたしのこころに飛び込んできたのです。

バブル期には、芥子《けし》つぶよりも「ちっぽけ」なことが踏みつぶされ、震災ではすべてがなくなってしまいました。でも、灰色の空が続いたある日、青空が見えてうれしくなったり、瓦礫のなかに芽を出した草を見つけて、生きているいのちがあったんだなあ、と新たなるよろこびを感じたひともたくさんいたでしょう。

何気なくこころがあたたかく、ぽっとわらえる、そんなあたりまえの生活や人間関係が、いまはとても必要なのではないでしょうか。高価なものを望む、高笑いに似た生活が続いたあのバブルの時代は、物質的なものにおどらされていて、本来の人間のあるべき姿ではなかったんだ。実は「ちっぽけ」なことがとてもたいせつで、いまも光り輝いていて、これからの21世紀のテーマだと感じています。

ひととひとが出会って、ふっとこぼれるちいさなわらいに似た感覚が生まれることは、すごくたいせつなこと。花がぽっと開くのをきれいだな、とよろこびに思える感性。風が吹いてきたときに気持ちがいいなぁと、こころがやすらぐ瞬間。ネコのしぐさをかわいいなと思ったり、友人のことばがうれしくなったり……。そういうさりげないちいさなことがたくさん集まれば、逆に、大きなしあわせになっていくのではないでしょうか。

この詩には、等身大のこころが感じられます。そしてまたこの詩は、いまの子育てや教育を考えるキーワードをも含んでいます。

育つということは、ちいさく、ささいなことの連続……。「いい子に」と願ったり、ブランドで飾り立てることよりも、花が咲いたときに「きれいだね」と感動して、涙を流せるような子に育てることのほうがどんなにたいせつか……。「教育」と構えるのではなく、子どもが育つそうした環境をつくっていければなと思うのです。現代のように、思いもかけない事件が蔓延する社会には、こうした感受性が欠けているのではないでしょうか。

「泪《なみだ》がこぼれるやうに、こんな笑ひがこぼれたら、どんなに、どんなに、きれいでせう。」

うれしいね、と涙がこぼれることはめったにないけれど、大事なことだと思います。だからといって、涙がこぼれるようにわらいなさいと、それを強要してはおかしなことになってしまうのですが。

80年代のわたしは、子育てをしながらも、わたし自身の活動も絶やしたくないという闘争心がありました。子どもを生み育てているなかで新鮮な出会いや発見を感じながらも、ただただ目標に向かい、一生懸命生きすぎていたような気がします。それが90年代になって、ちいさなことが、わたしにとって大きなよろこびに感じられてきたのです。

この詩を口ずさむと、これからも充分生きていける、と思えてきて、どこかほっとさせられます。この詩に出会って、よろこびやわらいの感覚をもう一度、自分のなかで問い直しています。

こころ

お母さまは
大人《おとな》で大きいけれど。
お母さまの
おこころはちひさい。

だつて、お母さまはいひました、
ちひさい私でいつぱいだつて。

私は子供で
ちひさいけれど、
ちひさい私の
こころは大きい。

だつて、大きいお母さまで、
まだいつぱいにならないで、
いろんな事をおもふから。

いろんな事をおもうから

みすゞが残した512篇のなかに、母が子どもを見る目線で書かれた詩がないのが不思議に感じられます。娘を育てながら書いたこともあったでしょうに。みすゞは、自死を選びました。母親が3歳の子を残し、自分のいのちを断つとは、どんな思いからでしょうか。

離婚した夫が、からだが弱ったみすゞから、娘を引き取ろうとするのに、いのちがけの抗議をしたのだ、という見方をするひともいます。わたしは、大正の終わりになって童謡運動が衰退してきたことで、みすゞが自分の生きている証《あかし》を映し出す〈鏡〉のような存在を失い、生きていくエネルギーまでなくしてしまったのではないか、とも思うのです。

全集が刊行された1984年、娘のふさえさんにはじめてお会いしたときは、固い表情で、頑《かたくな》な雰囲気が感じられました。その後お会いしたら、とても明るい表情で、みすゞの面影が見られました。少女のように好奇心が旺盛で、自然体で自分を表す女性です。みすゞがよみがえったことをはじめは迷惑に思っていたのが、いまは娘であることを受け入れることができた、とおっしゃいます。そうしたこころの変化が、表情も変えたのでしょう。

ふさえさんのいちばん好きな詩は『繭《まゆ》と墓《はか》』。

そしていい子《こ》は／翅《はね》が生《は》え、／天使《てんし》になつて／飛《と》べるのよ。（『繭《まゆ》と墓《はか》』より）

高校生のとき、母が自殺したことをはじめて知り、「母は自分だけ、天使になって……」と反発したこともあったそうですが、いまはこの詩が静かにこころに響いていらっしゃるのでしょう。

みすゞの詩は、やすらかな気持ちや希望を与えてくれ、多くのひとのこころを救ってきました。彼女の詩がこれほど愛されていることで、ふさえさんのなかから、母に捨てられた、置いていかれたという思いが消え、そして母を受け入れることによって、彼女は自分自身の人生も納得できるようになったのでしょう。みすゞが再発見されて、いちばんすばらしいことは、このようにふさえさんの気持ちが生まれ変わったことだと思います。

みすゞの詩に出てくる子どもは、いつでも5歳から8歳ぐらいの女の子。わたしは、その子が、みすゞの「こころ」そのものだと思うのです。『こころ』で、いろんなことを思っていた「ちひさい私」は、みすゞ自身だったのでは、とついつい思ってしまいます。彼女は、いつまでも子どものこころでいたひとだったのではないでしょうか。

みすゞの詩のなかの母と子の姿には、とても懐かしさをおぼえます。『海を歩《ある》く母さま』や『冬の雨』など、ふうわりとして、やさしげで……。でも、おかあさんは存在していても、顔の表情や体感がないことが、とても不思議です。それは、「ちひさい私でいつぱいだつて」というように、自分をなくしても子を思うのが、「いいおかあさん」だったからでしょうか。子どものことでいっぱいな母親の愛と、子どものもつ未来と可能性……。

親子のコミュニケーションにステレオタイプなんかないし、うまくいったり、気まずくなったりを重ねながら、お互いが成長していくような気がします。親も子も、おたがいに「あなたでいっぱい」のときと「いろんなことを思って」いるとき、どちらのこころもたいせつにできればいいなと思うのです。

大漁《たいれふ》

朝焼《あさやけ》小焼《こやけ》だ
大漁《たいれふ》だ
大羽鰮《おほばいわし》の
大漁《たいれふ》だ。

濱《はま》は祭《まつ》りの
やうだけど
海《うみ》のなかでは
何萬《なんまん》の
鰮《いわし》のとむらひ
するだらう。

浜は祭りのようだけど

わたしはこの数年、保育士を志す短大生たちに音楽表現を教えています。みすゞがこの詩を書いたのと同じ20歳前後の彼女たちが、この詩をどう感じたか、聞いてみました。

「自然にあるちいさなものに目を向け、いろいろなことを考え、感じとっているみすゞに対して、わたしたちは考えたり、感じることがあまりにも少ないと思った」

「わたしとはちがう感性で物事を深く考え、自分のことだけでなく、他のものの立場に立ってこの詩を書いている」

「多くのよろこびには多くの悲しみも伴うもので、その悲しみを知らなければならないのだ、とみすゞは言いたかったのではないか」

「わたしが生きていられるには、たくさんのいのちが奪われていることに気づいた」

「みすゞは、だれにも言えない大きな悩みを抱えていたのではないか。〈濱《はま》〉は親や友人で、〈海のなか〉はみすゞのこころのなかのよう」

「顔では笑顔をつくり、こころでは泣いているように思える。わたしと何か似ている」

わたしには生命の輪廻《りんね》や大きな宇宙を感じさせるこの詩に、彼女たちは自分のこころのなかや友人との関係といった身近なものを重ねています。

日頃、彼女たちは自分の居場所がない、不安定だと言いながら、「お祭り」に浮かれているように見せています。でも、実はこころのなかでは、「とむらい」の気持ちを感じている、そんな彼女たちの傷つきやすさを知り、とても驚きました。

いまの時代、メールや携帯電話でコミュニケーションはどんどんひろがっています。相手を目の前にしているのとちがって、いやになったら気兼ねなくやりとりをやめることもできるのです。彼女たちの多くは、なんとかして多くの友だちと繋がっていなければ、という強迫観念を感じているようです。おおぜいの友だちがいて、見た目はにぎやかでも、実はこころの空間は埋められず、人間関係もが、どこかミニマムなものになってしまっているのです。

コンビニエンスストアやファーストフード、ファミリーレストラン、みんなが同じところへ行って同じものを食べ、同じように行動することで安心できる。このことはいまや、世の中全体の動きでしょう。個性化の時代と言われるなかで生きていても、彼女たちは、いまだに管理され、ステレオタイプな生き方を強いられているとも言えます。そして実は、彼女たち自身も本質的なところで、そのさびしさを感じているのでしょう。

20歳の頃のわたしは、世の中に対してやたらと怒っていて、それを意欲に変えて行動し、いつも自分を燃やし続けていました。高校までは管理のなかで過ごし、こころをひどく傷つけられました。ようやく大学生になって解放され、自分のこころにガツンと響く、ひととはちがう考えをもちたい、と必死でした。そして、意識的に「自分の目を通して」見ようう、感じようと模索していたのです。

いま、みすゞから4世代目になろうとする彼女たちが、みすゞの詩に出会い、はっとさせられた気持ちを、どのように保育の現場で生かしてくれるのか、たのしみです。

星とたんぽぽ

青いお空の底ふかく、
海の小石のそのやうに、
夜がくるまで沈んでる、
晝のお星は眼にみえぬ。
　見えぬけれどもあるんだよ、
　見えぬものでもあるんだよ。

散つてすがれたたんぽぽの、
瓦のすきに、だァまつて、
春のくるまでかくれてる、
つよいその根は眼にみえぬ。
　見えぬけれどもあるんだよ、
　見えぬものでもあるんだよ。

見えぬけれどもあるんだよ

見えないものは見なくていいよ、というのが1980年代の風潮でした。

バブル全盛期で、考えるのは面倒だし、悩んだり苦しむ必要はないよと、「軽薄短小」がもてはやされました。すぐに結果が出ないことはよくないことで、ひとが見ていないところで輝いていても、それは暗く流行《はや》らないマイナーなことだとされました。

でもわたしは、「見えないものを見よう」とエネルギーをつかい、「見えないけれどもある」ものをいつも意識しようとしてきました。

女性詩人の詩に曲をつけるというわたしの活動も、今年で26年。他のだれともまったくちがったわたしなりの視線で表現していきたい、それを多くのひとに知ってもらいたい、と思う気持ちで続けてきました。

与謝野晶子や茨木のり子さんの詩が、わたしの気持ちを表していたり、わたしを勇気づけてくれたので、彼女たちの詩に曲をつけることが、わたしのライフワークになっていったのです。

　見えぬけれどもあるんだよ、
　見えぬものでもあるんだよ。

まるでわたしの活動を象徴しているようで、とても共感してしまいました。

もしかしたら、みすゞも同じように、童謡詩人として一生懸命に詩を書いている自分がここにいるんだよ、という思いを、この一節に託したのかもしれないとも思ってしまいます。

いったい、昼の星や、枯れたたんぽぽの根を、だれが意識するというのでしょう。

しかし、春が来るまでじっと土に隠れたままの根には、花を咲かせているときよりも力強い〈いのち〉があふれているのです。

そうした強い根っこがもつ力は、どんなひとのなかにもあるはずです。でも、そのいのちの輝きを抑圧し、花を咲かせないままにひとつの型にはめてしまったのが、１９８０年代でした。

そしていま、多くのひとが〝あるのに見ようとしない〟ことで、もうひとつ気になっていることがあります。それは、家族や親子という人間関係です。

ひとりだけで生きているのだと思っている子、自分が実現できなかったことや気持ちの隙間を、子どもによって埋めようとする親……。

みんながどこかバラバラで、おたがいに見て見ぬふりをしたり、その場しのぎで、相手を回避しているように見えるのです。友だちや恋人でも、あまり愛着や愛情を感じないのかなと思うこともあります。

いま、わたしたちは、昔ながらの地域や血縁といった濃密な人間関係から解き放たれました。でも、自由になった分、あいまいな関係でも生きていけるからなのか、関係が破綻するのがこわいのか……。目の前にいる相手を直視していないひとが、とても多くなったように感じています。

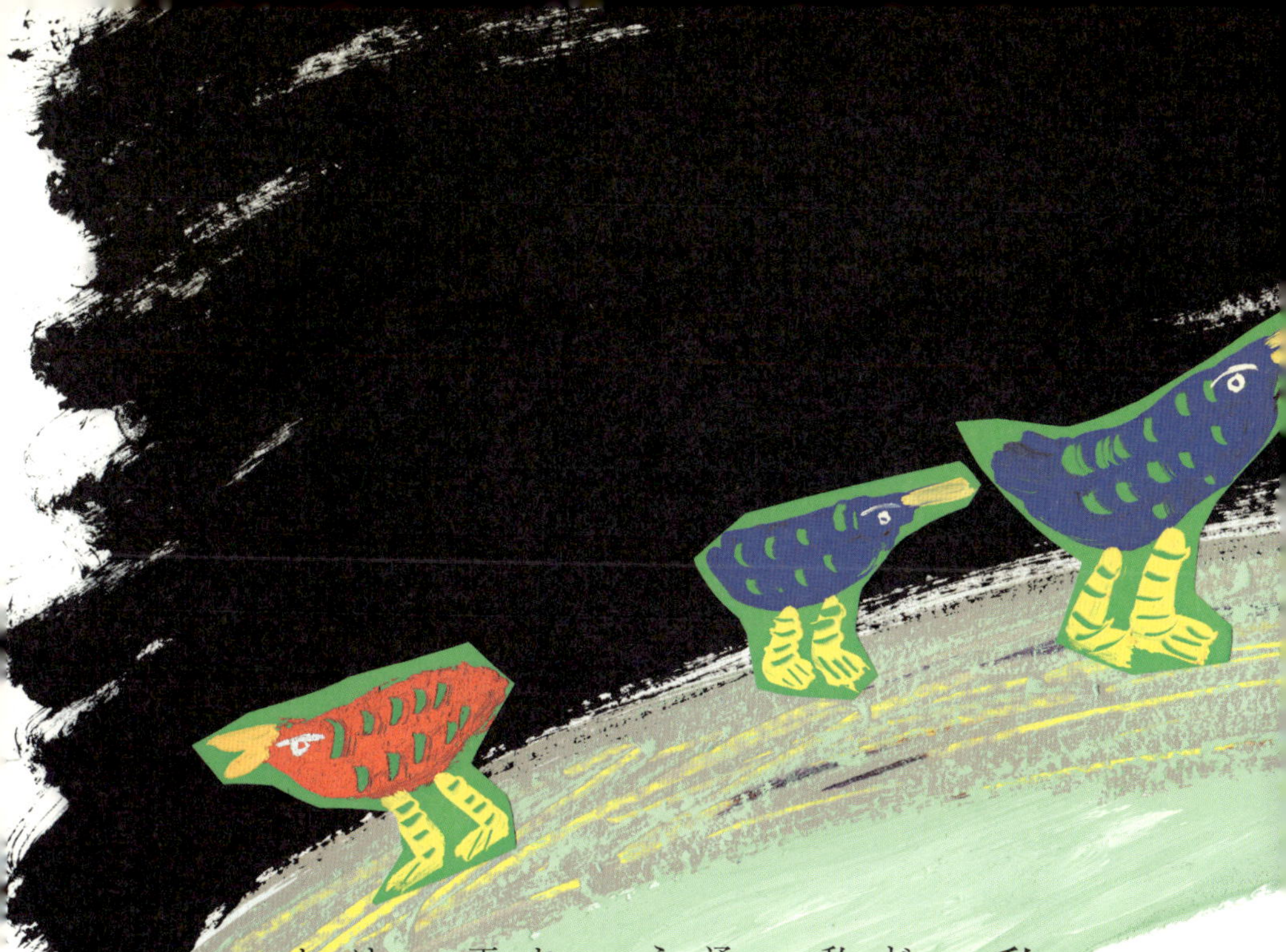

私

どこにだつて私がゐるの、
私のほかに、私がゐるの。

通りぢや店の硝子《がらす》のなかに、
うちへ歸れば時計のなかに。

お台所ぢやお盆《ぼん》にゐるし、
雨のふる日は、路《みち》にまでゐるの。

けれどもなぜか、いつ見ても、
お空にや決してゐないのよ。

私のほかに、私がいるの

みすゞの故郷の仙崎は、いまでも、東京からかなり遠くに感じられる町で、路地にはぎっしりと家々が並び、すぐそこは海。ちょうど、次のような風景でした。

木《こ》の間《ま》に光る銀の海、／わたしの町はそのなかに、／龍宮《りうぐう》みたいに浮《うか》んでる。／（中略）
王子山から町見れば、／わたしは町が好きになる。／
干鰛《ほしか》のにほひもここへは来ない、／わかい芽立《めだ》ちの香がするばかり。（『王子山《わうじやま》』より）

当時の多くの女たちは、生まれた町のごく狭い世間のなかで一生を終えてしまうことに、何の疑問も感じなかったでしょう。

でも、みすゞは、仙崎の町を距離感をもって見ています。地方のちいさな町で、〈わたし〉であり続けることは、彼女にとって、さぞ息苦しく、生きにくいことだっただろう、と思うのです。

みすゞの詩の多くがそうですが、この『私』という詩も、ひとり言のように書かれていて、どこまでも自分であろうとした彼女の思いが、感情的に表れているように思います。特に、最後の2行に、シニカルな、どうしようもない虚無感が感じられます。

男たちが富国強兵へと勢力的に前進するなかで、女たちは「見えないものを見る」「弱いものを見る」という新しい視点を得ました。

明治の時代を生きた樋口一葉も、みすゞと同じく、遊郭の女や子どもなど、物言えないひとたちの弱い声を描きました。ひとは生きていけばいくほど、ドロドロしたものをくっつけて生きていきますが、20代の半ばで夭折したふたりには、よけいなものがまるでなく、わたしたちが学ぶべき、まなざしの確かさがあります。

でも、みすゞには、与謝野晶子や平塚らいてふがもっていた闘う力はありませんでした。いろいろと感じていながら、世間や社会に対して、なぜかちっとも怒らないし、ひとのせいにもしない。いろんなものやひとの側面を悪いとは見ずに、すべてをまるごとよしと認めてしまう。それは、とてもみすゞらしい美点かもしれません。でもそれゆえに、新しい女性たちが外へ踏み出した一歩を、彼女はどうしても踏み出せなかったのです。その分、彼女は詩のなかに、自分を映し出していたのだと思います。

「私」のなかに別の自分がいて、いつも見ていたり、対話をし、感じたりしている。でも、「私」が映っているのは、日常のちいさなことばかり。万華鏡のようにいろんな「私」が映っていても、ほんとうの自分は見えない。大きな空には、けっして自分は映らない……。

どれもほんとうの自分とは「何かちがう」と、感じている思春期の子どもたち。自分には別の人生もあったんじゃないか、と後ろを振り返ってむなしい問いを繰り返す大人たち。もっと本来の自分が生かせる場所に行きたいのに、行くことができない。そのむなしさは、いまのわたしたちの多くが感じている思いにも通じています。

個性的であることによって孤独になるのでは、と恐れたり、自分に自信がなかったり……。個人の時代と言われる現代でも、揺らぎない〈わたし〉であり続けることは、なかなかむずかしいことだなと思います。

積つた雪

上の雪
さむかろな。
つめたい月がさしてゐて。

下の雪
重かろな。
何百人ものせてゐて。

中の雪
さみしかろな。
空も地面《ぢべた》もみえないで。

空も地面もみえないで

この詩にうたわれた3層の雪を、ひとや社会だと見ることもできます。上も、中も、下も、何かがある分、何かが欠けている……。ひとには表面からは見えない部分があって、いろんなひとがそれぞれに、いいことと一緒に悲しみやつらさを抱えて生きている。完璧にしあわせなひとがいないのと同じように、社会のなかには、いつも空も地面も見えない弱い立場のひとがいることも確かです。

みすゞの視線は、ここでも雪という自然現象を通して、ひとの暮らしや社会のしくみのなかにある「見えないもの」を見せてくれます。

「中の雪」には、童謡詩人として自分を表現していくことと、世間の習慣のなかで生きていくこととの狭間で苦しむ、みすゞの心情が表れているように感じます。これは多くの女性たちの思いとも重なるでしょう。そして誰しも、自分が上にも下にも行けない、「中の雪」のように囚《とら》われている気持ちに思いあたることでしょう。

それぞれのひとや家族には、いろんな側面があります。外から見える一面だけを見て、よその家族と比べては、自分が不幸に思えてしまう……。そのことがいかにむなしいか、そんなことにも気づかされます。

もうひとつ、雪をうたった印象深いみすゞの詩に『淡雪』があります。

おもしろさうに／舞ひながら、／ぬかるみになりに／雪がふる。（『淡雪』より）

みすゞの詩に出会ってすぐに作曲しましたが、10数年経って曲を書き直しました。歳を重ねて、以前の自分が、この詩を平面的にしかとらえていなかったことに気づかされたのです。40代を迎えたその頃、仕事も子育てもそれなりにやってきたのに、わたしは何のために生きてきたのか、と考え込み、落ち込んでいるときでした。舞っているときはたのしげだけれど、所詮《しょせん》はぬかるみになるために生きてきたのか……と、絶望的な気持ちにとらわれたのです。その思いをそのままぶつけ、新たなるメロディーをつけました。

新しい『淡雪』をうたい続けて数年……。わたしのなかにプラスのエネルギーがわいてきたのを感じることがありました。いつか太陽が照ってぬかるみが乾燥して、そこから蒸気が空に向かっていく。新しい大地ができて、また何かが生まれていくのだ。そのように人生も繰り返していく、けっしてぬかるみになって終わってしまうわけではないいんだ。自分の人生を自然の輪廻《りんね》に置き換えて考えることで、とても解放されました。

いいこともあれば、悪いこともある。これは、子育てにも言えることだと実感しています。子どもと一生懸命つき合うには、時間も気持ちも費やします。それは一見自分にとってマイナスに思えることもありますが、ある時期になると、傾けた思いや時間の分だけ子どもが成長して、手がかからなくなっていて、結局はプラスに転じるのです。

みすゞの詩はこんなふうに、ちいさな個人的なことから、ひろい社会のことまで、見事に言い得てしまうから、不思議です。それは、みすゞの女性ゆえのまなざしだからなのかな、とわたしは強く感じています。

不思議《ふしぎ》

私は不思議でたまらない、
黒い雲からふる雨が、
銀《ぎん》にひかつてゐることが。

私は不思議でたまらない、
青い桑《くは》の葉たべてゐる、
蠶《かひこ》が白くなることが。

私は不思議でたまらない、
たれもいぢらぬ夕顔《ゆふがほ》が、
ひとりでぱらりと開《ひら》くのが。

私は不思議でたまらない、
誰にきいても笑つてて、
あたりまへだ、といふことが。

私は不思議でたまらない

歳を重ねるほどいつの間にか、「あたりまえ」だと片づけてしまっていることがなんと多いことか。だからなのか、この詩の最後の一節にドキッとさせられます。

反体制的な動きが盛んだった若い頃、母と意見がぶつかってしまったとき、よく、「しょうがないのよ、世の中はそういうものなんだから。生きていくためには、これでいいの。仕方がないのよ」と言われました。

わたしは、その「仕方がない」ことがおかしいんだ、といつも闘っていました。資本の論理、平均的であれということなど、世の中で「あたりまえ」だと言われていることに対して、反発を感じていたのです。

いまでもその気持ちは変わらないつもりですが、残念ながら、だんだん薄れてきたのでは、と感じることがあります。

子どもは不思議だと思ったことを「ねえねえ、あれ何なの?」と絶えず聞いてきます。大人に答えられないことばかりなせいもありますが、その問いにていねいに応えられる時間も感性の豊かさも、わたしたちにはなくなってしまっているのではないでしょうか。

わたしが子どもや学生と向き合うときには、「あたりまえ」を不思議だと思うそのこころをたいせつにし、育てていきたいなと思っているのです。それは、青臭いとか、突っ張ってるとか、子どもだ、という簡単なことばで片づけられるものではないのですから。

わたしたちは、「どうして？」と思う気持ちを見過ごし、「あたりまえ」だと納得して、それぞれの役割を演じることを強いられてきました。

それに対し、〝女はこうあるべき〟という規準に異議を唱える女たち、そして〝男はこうあるべきだ〟ということに疑問をもつ男たちが出てきました。

これまで、社会に、不思議だという気持ちをもたないようにされてきたこと、自分が世の中が発展していくためのパーツにされていたことに、みんなが気づき出したのです。

いろいろなことを不思議に思うことは、わたしはわたし自身なのだ、という原点に戻るためのきっかけにもなるでしょう。不思議に思うこころの余裕は、精神的な豊かさでもあると思います。

それぞれの身近にある不思議への好奇心を、いろんな場所で表しながら生きていけたら……。それは、これまで「あたりまえ」だとされてきた環境を解体していくことでもあると思います。

色にたとえると、20世紀は透明感がなく沈んだ色を、21世紀は鮮やかではないけれど、きれいな色を感じます。音のイメージでは、20世紀は重く刻む感じで、音ばかりが大きくて不調和に、21世紀は音が漂ってハーモニーを奏でていくように感じられます。

みんなが自分の音を出しながら調和していく。家族や社会のなかで、ひとりひとりの存在が生きていて、関係し合っていく、そんな素敵な予感が少しずつでも現実となっていくことを願っています。

足ぶみ

わらびみたよな雲が出て、
空には春が來ましたよ。

ひとりで青空みてゐたら、
ひとりで足ぶみしましたよ。

ひとりで足ぶみしてゐたら、
ひとりで笑へて來ましたよ。

ひとりで笑つてして居たら、
誰かが笑つて來ましたよ。

からたち垣根が芽をふいて、
小徑《こみち》にも春が來ましたよ。

ひとりで笑えて来ましたよ

空の上から春が来て、〈わたし〉がうれしくなっていつの間にか足踏みしていたら、見ていた誰かがわらいかけてきた。そうして、そのひとのところにも、春が来た……。

この詩には、とても平和で、純粋な世界があります。〈わたし〉のなかから、みずみずしいエネルギーが出てくる。生き生きとした人間の感情が、プツプツ発酵しているような感じが表れています。

ひとりでにうれしくなって駆けまわってしまう、このようなエネルギーを、子どものときは誰もがもっていたと思います。

けれども、いつの間にか、素直に、思う存分にエネルギーを表現しにくくなってしまう。それは、学校や社会という集団のなかで、望まれる役割が細かく決まっていて、どれかを選択せざるを得ないから……。本来あるはずのいのちの躍動感や感受性さえも、押さえつけられてしまっているから……。

でも、絶えず発酵して、自分からエネルギーを出すことが必要だと思うのです。ふわふわ、わくわく……発酵の仕方はそれぞれちがっても、それがいろんな相手に伝わって、おたがいに影響し合い、そうして世の中を動かす前向きなパワーになっていくのだと思います。

世紀末に向かって、わたしたちは加速度的に忙しくなり、時間に追われるばかりで、どんどん急ぎ足になって、立ち止まったり、ふれたり、見たり、感じることがなくなったような気がします。立ち止まれば感じられるうれしい気持ちを、いつの間にか通り過ぎていってしまったのかもしれません。

時間をかけてじっくり見つめることができないのは、ひととひととの関係も同じです。ちいさな子どもたちは、友だちと一緒にいるだけで、さりげなくよろこびを感じています。一緒にいて、何かしているだけでうれしい。いろんな人間関係の核には、きっと、こんな感情があるのだと思うのですが、大人になると、そのよろこびを失ってしまいます。

20世紀末は、みんなが一見自信がありそうで、実は沈んでいて、よろこびよりも不安が伝染していきました。

21世紀はハーモニーの時代。素直な感情や、よろこびを伝え合いたい。

この詩は、頭で考えて学びすぎてしまったわたしたちに、学ぶ以前の世界、いのちの原型を感じさせて、解き放してくれます。これからは、教育や学ぶことからは得ることのできない世界を一つひとつ発見していくことがたいせつだと思います。

ひとりでにわらえてくるなんて、すごい！　ほんとにわらう、うれしくなるって、こんなことだったはずです。ことばにできるものではなく、自分のからだの細胞がわくわくしたり、ドキドキしたり、エネルギーを発散するうれしさ。

この詩に表されている、いのちの存在感から生まれるエネルギーやよろこびは、いま、わたしたち一人ひとりに求めたいものだと感じています。

極樂寺《ごくらくじ》

極樂寺のさくらは八重ざくら、
八重ざくら、
使ひにゆくとき見て來たよ。
横町《よこちょ》の四《よ》つ角《かど》まがるとき、
まがる時、
よこ目でちらりと見て來たよ。

極樂寺のさくらは土ざくら、
土ざくら、
土の上ばかりに咲いてたよ。
若布《わかめ》結飯《むすび》のお辯當《べんと》で、
お辯當《べんと》で、
さくら見に行つて見てきたよ。

よこ目でちらりと見て来たよ

この『極樂寺《ごくらくじ》』は、みすゞが生まれ育った仙崎の町（現在の山口県長門市仙崎）を「仙崎八景」としてうたった詩のひとつです。

極楽寺のお寺はいまもあって、そこにある幼稚園の子どもたちが、18年前からずっと、わたしの作曲した『極樂寺《ごくらくじ》』の歌をうたい継いでくれています。今年も春が来て、あ、桜が咲いてるな、というわくわくした気持ちを子どもたちがうたってくれるのは、ほんとにうれしいことです。

いまも「仙崎八景」は、当時みすゞが見ていた頃と、たぶん同じままに残っています。そこを訪れると、みすゞと共通の体験ができるような、彼女とこころを重ね合わせることができるような気がします。そこには等身大の彼女が、そしてみすゞのこころのふるさとがあるように思うのです。

近年は町がどんどん変わって、幼い頃のままで変わらずに残っているところなどあまりないでしょう。特に東京で生まれて育ったわたしには、そこへ帰るだけでこころが戻っていくような場所がないのです。

でもいまでは仙崎を訪れる度に、前に訪れたときの自分に、もう一度出会うことができます。郷愁とはちがいますが、こうしたこころを帰す場所がほしいなと思っています。

近来の日本は、壊しては前へ進み、新しいものを建て、変わらないことを否定して、どんどん変わろうとしてきました。いままでにあった古いものや価値観をどんどん断ち切って、すごい勢いで解体に向かっているように感じます。ものもそうですが、これまで大事だとされてきた人間関係さえもが、わずらわしいものとして断ち切られてきました。

世の中はいま、ものすごいスピードで動き、グローバルな視点で考える時代です。ひとも社会も刻一刻と変わっていくなかで動かずにいるものはなく、新しい価値観が次々と生まれ、もはや何に価値があるのかさえ、わからなくなっています。

子育てにしても、よそと比較したり、ほんとうにこれでいいの？という強迫観念にさらされて、親自体があっちを向いたりこっちを向いたり、価値観さえもがふらふらしています。

ふるさとも親も、いつも戻るところじゃなく、反面教師だったり、反発するものであることが多いでしょう。そうした向かうところがあってはじめて、自分のなかにエネルギーが生まれてくることもあります。変わらずにある仙崎の町の風景や、たぶんみすゞの時代とほとんど変わっていないだろうと思われるひとたちに出会うと、その変わらない部分に妙に安心するような気持ちになったりします。

前へ前へと進んでいく世の中に一生懸命ついていくのではなく、変わらないことをも評価したい……。こころのなかにも、町や地域のなかにも、家族や人間関係のなかにも、そうした変わらずにあり続けるものがあってもいいのでは、と思うのです。その核になるものがあってこそ、自然に新たな価値観がつくられていくんだろうなと思うからです。

玩具《おもちゃ》のない子が

玩具《おもちゃ》のない子が
さみしけりや、
玩具をやつたらなほるでせう。

母さんのない子が
かなしけりや、
母さんをあげたら嬉《うれ》しいでせう。

母さんはやさしく
髪《かみ》を撫《な》で、
玩具は箱から
こぼれてて、

それで私の
さみしいは、
何を貰うたらなほるでせう。

何を貰うたらなおるでしょう

この詩は、まるで子どもの頃のわたしです。友だちがいても、ものがいくらあっても、いつもさびしかった少女時代の自分と重なってくるのです。ここに表れている究極のさびしさは、いまもわたしのこころに響きます。

あふれるおもちゃとやさしい母は、子どもにとって、いちばんにたいせつなものでしょう。それでもなくならないさびしさ……。ひとりっ子だったわたしは、ものを豊かに与えられても、なんだか知らないけれど、いつもどっぷりとさびしくて満たされず、いつも不満気……。親の立場になってみると、さぞかし扱いにくい子どもだったろうと思います。

さびしがりやとはちがう、そのさびしさのもとは、いまになって思えば、どうしても逃れられない「死」、生きているいのちを授かったもののもつ悲しさです。

人生に大きな寂寥感《せきりょうかん》を感じてしまったら、何をしたら満たされるのか……。わたしが音楽をつくり、みすゞが詩を書いたことも、たぶんそのためだろうと思うのです。詩や音楽という表現方法を見つけたからこそ、こころが満たされ、自分と向き合ってこられたのでしょう。

自分がひとりだけで存在しているのでなく、「だいじょうぶだよ、わたしがいるんだから……」とおたがいに言い合える関係性や、いま同じ時代を生きているんだ、というよろこびも、わたしたちを究極のさびしさから救ってくれる重要な要素だと思います。

みすゞにとっては、草花や生きものすべてが友だちで、宇宙に生きているすべてが自分と対等な関係として受け入れられました。いろんな生きもののよろこびや悲しみと、直接的に関わり合っていこうとすることで、自分のさびしさを埋めようとしていたのかもしれません。いのちあるものがもつ共通のさびしさがよくわかっていた彼女だから、すべてに対してあたたかいまなざしを注げたとも言えるでしょう。

いまわたしたちは、みすゞのように、いのちあるものすべてを受け入れるこころと、まなざしをもっているでしょうか。それどころか、自分勝手にいまの自分が満足できるものをたえず追い求め、抱え込んでいるさびしさを紛らわせたり、ごまかそうとしてはいないでしょうか。

たとえば緑がほしいからと木を買ってきても、用が済んだから、この木は捨ててしまおう……。そうした短絡さが、ひとに対しても適用されそうで、怖いのです。

また、うれしいことやたのしいことばかりで、さびしさを感じることのないこころでは、弱いものへのまなざしをもてないでしょう。

おもちゃがない子におもちゃを、母がない子に母を、と欠けているものを埋めていくようにすべてが解決できるなら簡単です。でもいま、多くの子どもたちは、みすゞのこの詩のように、何をもってしても満たされない思いにとらわれているように思えるのです。

ものが多すぎるということは、いろんなものを見えなくし、自分が死(無)に向かって生きている存在であることすらも、わからなくしてしまいます。死に向かって生きなければならないならば、いまをどう生きるのがしあわせなのか、そう発想しなければと思うのです。

りこうな櫻んぼ

とてもりこうな櫻んぼ、
ある日、葉かげで考へる。
待てよ、私はまだ青い、
行儀《ぎやうぎ》のわるい鳥の子が、
つつきや、ぽんぽが痛くなる、
かくれてるのが親切だ。
　そこで、かくれた、葉の裏《うら》だ、
　鳥も見ないが、お日さまも、
　みつけないから、染《そ》め殘す。

やがて熟《う》れたが、櫻んぼ、
またも葉かげで考へる。
待《ま》てよ、私を育てたは、
この木で、この木を育てたは、
あの年とつたお百姓だ、
鳥にとられちやなるまいぞ。
　そこで、お百姓、籠もつて、
　取りに來たのに、櫻んぼ、
　かくれてたので採り殘す。

やがて子供が二人來た、
そこでまた考へる。
待てよ、子供は二人ゐる、
それに私はただ一つ、
けんくわさせてはなるまいぞ、
落ちない事が親切だ。
　そこで、落ちたは夜夜中《よるよなか》、
黒い巨《おほ》きな靴が來て、
りこうな櫻んぼを踏《ふ》みつけた。

そこでまた考える

みすゞの詩のなかでも、ストーリー性があって、とても映像的な詩です。

いつでも相手のことを考えている「りこうな櫻んぼ」が、最後には無惨にも踏みつぶされてしまう……。いろんなことを考えすぎることが、必ずしもしあわせには結びつかないという意味では、『りこうな櫻んぼ』というタイトルすら皮肉でもあり、実に不思議な詩だなと思うのです。

みすゞ自身の人生も、この「櫻んぼ」のように、ひとのことばかりを思って生きてきたと言えるでしょう。童謡界へもっと踏み込みたいけれど、これまで世話をしてくれた母や係累《けいるい》を思うと、その先の一歩が踏み出せない……。そうしているうちに、「黒い巨《おほ》きな靴」という見えない力によって、彼女はぎゅっと踏みつぶされてしまったのでは……と、つい、みすゞの生涯と詩を重ねて考えてしまいます。

いつも隠れてしまって誰にも気づいてもらえない「りこうな櫻んぼ」の存在は、ただ摘まれるのを待ち望んでいる『げんげの葉《は》の唄《うた》』のげんげにも、また相手へ捧げる無償の思いは『土と草』の、草を支える土にも通じるものがあります。

この詩の、鳥も、お百姓も、子どももも、自分に捧げられた「櫻んぼ」の思いをまったく知りません……。おたがいのコミュニケーションは、まるで成り立っていないのです。でも、「櫻んぼ」のなかには、自分がこう動いたら相手はこう思うだろうというストーリーができあがってしまい、そうして陽の当たらない葉陰に隠れてしまうのです。

いじめられたり、ひきこもってしまう子どもたちのこころも、「櫻んぼ」と同じようにナイーブであるがゆえに、いろいろなことを深く考えてしまう……。そのために「黒い巨《おほ》きな靴」に踏みつけられたような状態を敏感に感じとって、傷ついているのでしょう。

この詩でみすゞは、こういう踏みつけられたと感じているひとたちの存在を忘れちゃだめなんだよ、と彼女自身の存在も含めて言いたかったのではないでしょうか。

いったい、みすゞという女性はどんなひとだったのか……。〈わたし〉というものを強くもちながら自分の存在は後まわしで、いつも葉陰にいる。ひとのことを思いながら、自分は陽の当たらないところへ隠れてしまう……。そんな女性を想像してしまいます。言ってみれば、へたくそな生き方だったのでしょう。でも、そこまで自分を無にすることで、かろうじて彼女自身の存在を守っていられたのかもしれません。

たとえば多くの親たちは「りこうな櫻んぼ」のように、自分のことよりも相手のことを考えるように、と子どもに言い聞かせてきたはずです。でも、いまの世の中には、そうして素直に育った子どもの感性を無惨に蝕《むしば》む力があって、〝ひとのため〟を思っていたならば、簡単に踏みつけられてしまいます。

「りこうな櫻んぼ」をバカだなと思うのか、その存在を認めようとするのか……。わたしは、「櫻んぼ」の秘かな思いを感じとれる生き方をしたい、と思うのです。

そして約80年も前に書かれたこの詩のなかに、現代社会を暗示する内容を読みとることができることに、あらためて驚いています。

夕顔

お空の星が
夕顔に、
さびしかないの、と
ききました。

お乳のいろの
夕顔は、
さびしかないわ、と
いひました。

お空の星は
それつきり、
すましてキラキラ
ひかります。

さびしくなつた
夕顔は、
だんだん下を
むきました。

さびしかないの、とききました

夕顔と星を会話させるところに、みすゞのやさしさが表れています。夕顔の花が下を向いていくことを、うつむいてしまうと表現できるのがまたすごい。彼女は宇宙にあるいろんなものに、いのちを吹き込んでいます。

「花がほろりと泣いた」、とうたう『露《つゆ》』。『芒《すゝき》とお日さま』では、すすきは日に照らされてしおれそうな昼顔を、「蔭《かげ》にしてやろ」と背のびをします。『葉つぱの赤ちゃん』では、葉っぱのあかちゃんに「ねんねなさい」とうたうのは月、「起《お》っきなさい」とそよぐのは風、昼のお守りは小鳥たち。『二つの草』では仲よしの種が「ふたりはきつと一しよだよ、／ひろい世界へ出るときは」と約束します。でも、せいたかのっぽのつばめぐさは、「ちひさく咲いた足もとの、／おみこし草を知りもせず」に、もとの友だちを探しています。

ふだん何気なく見ているものが、こうしたこころの交信をしているなんて、わたしたちは想像すらできません。でも、みすゞは、とても自然に夕顔になれたり、星になれたり、露の気持ちになれたりするのです。そこには少しも作為や無理がなく、子どもたちがもともと持っているファンタジーの世界と似ているものがあります。

１９８０年代、わたしのなかでは『私と小鳥と鈴と』や『星とたんぽぽ』のような思想やメッセージ性の強い詩が生きていました。

でもいまは、こうした詩もいいな、とつくづく思うようになりました。目立たないけれども、一つひとつが一生懸命生きていて、それぞれ関係し合っている。いま、そういう関係を求めたいから、こうした詩がわたしに訴えかけてくるのかもしれません。

実は『夕顔』には、思い出深いものがあります。１９８４年6月、はじめて「金子みすゞの世界」というコンサートを開催したときのこと。ヨネヤマママコさんがこの詩を選んで、わたしの歌に合わせてとっても素敵なパントマイムを演じてくれたのです。「さびしかないわ」とすまして言ってしまった夕顔。ほんとはもう一度「さびしかないの?」と言ってもらいたかった……。でも、「いいえ」と言ってしまって、おたがいに背中を向け合ってしまう。こういう人間関係って、よくあると思いませんか? とてもナイーブだから、恥をかきたくないから、もっといろんなことを言いたいのに言えずにいる。言い合えれば、もっと近くなれるのに……。星と夕顔との関係が、その距離感を表しているように思えてきます。

さびしいということばは、みすゞのいろんな詩に出てきます。最初に曲をつけたとき、星が自分もさびしいから「さびしかないの?」と聞いたんだろうな、と感じたことを思い出しました。

ちいさなもののすべてのなかに、ひろーいこころがある。よく「みすゞコスモス」と言われますが、彼女は何も捨てないで、全部を抱え込みます。目に見えないものも、認められていないものも、細かいものも、すべてを無視しないで、すべてのいのちを認め、おたがいの関係性をうたっています。この詩は、凝縮された豊かな感性の物語だとも言えるでしょう。

犬

うちのだりあの咲いた日に
酒屋のクロは死にました。

おもてであそぶわたしらを、
いつでも、おこるをばさんが、
おろおろ泣いて居りました。

その日、學校《がくこ》でそのことを
おもしろさうに、話してて、
ふつとさみしくなりました。

ふっとさみしくなりました

1983年に、みすゞの詩集が全集となって出版されるという新聞記事を読み、わたしはとても興味をもちました。

詩集を見つけた矢崎節夫さんも、出版社も、仕事をご一緒したり、親しくさせていただいていたので、さっそく出版社へ電話をしたのです。そして、さらにお願いして、編集者の大村祐子さんに何篇かを電話口で読んでいただきました。

そのなかで、いちばん衝撃を受けた詩が『犬』でした。

その鋭い感受性と洞察力に、怖ささえ感じたのです。そして、このひとの詩はわたしが曲をつけなければ、と一瞬にして感じた、思い出深い詩です。

ドラマチックな曲に仕上げようと思いました。はじめはセミが鳴いている夏を表す前奏で、モノローグ的にうたって……。

夏のムンムンとした空気のなか、真っ赤なダリアは「生」の象徴で、クロの「死」と、見事に対比しています。

おばさんはいつもは怖くて強い存在なのに、おろおろ泣いている弱い存在になっています。強いものも、逆転して弱いものになることがあるんだという象徴として表れています。

この詩には、みすゞの死生観、強者と弱者の視点、いのち、見えぬものを見ようとするまなざし、植物、どうぶつ、いつもみすゞの詩に登場する幼い女の子……すべてがうたわれています。『犬』は、みすゞの全作品のなかでも総集編とも言える詩だと思います。

そして、この少女は、凝縮されたみすゞ自身だとも思えるのです。学校と家の間しか知らない狭い子どもの世界にも関わらず、たった8行のなかに、わたしたちが生きている世界のすべてが、なんでもないふつうのことばで淡々と綴られているのです。つくづく、みすゞは天才だなと思います。

おろおろ泣いているおばさんを、幼い少女が見つめている光景は、とても映像的です。目に映ったものがどんどん変わっていくにつれて、こころのなかもまた変化していく……。

クロも、おばさんも、少女にとってはすごく大きく迫ってくる存在でしょう。子どもにとって怖い存在のおばさんのなかに弱い面を見つけてしまい、そのことをおもしろそうに話している自分自身に対して、ふと、さびしい気持ちになってしまう……。

そうした少女の気持ちの揺れが、大人になってしまったわたしたちのこころに、きゅーんと迫ってくるのです。いまはもう、こんなふうにものごとを見たり、感じたりすることはできなくなっているのではないか。でも、昔は確かに感じていたはずのやさしさや、さびしさのような思い……。

それを、みすゞは大人になっても忘れることなく感じていました。だからこそ、大人になればなるほど大きくなるギャップに、彼女はどれだけ苦しんだのだろう、と痛ましく感じられてならないのです。

子どもは感受性をめぐらせて、日々を生きている。大人には、ささいだと思うできごとも、全身で受けとめている。『犬』という詩によって、そのことに気づかされました。

浮《う》き島《しま》

私《わたし》は島《しま》が欲《ほ》しいのよ。
波《なみ》のまにまにゆれ動《うご》く
それは小《ちひ》さな浮《う》き島《しま》よ。

島《しま》はいつでも花《はな》ざかり
小《ちひ》さなお家《うち》も花《はな》の屋根《やね》。
みどりの海《うみ》に影《かけ》さして
ゆらゆらゆれて流《なが》れるの。

海《うみ》のけしきも見飽《みあ》きたら
海《うみ》へざんぶり飛《と》びこんで
私《わたし》の島《しま》をくぐつては
かくれんぼして遊《あそ》ばれる。

そんな小島《こじま》が欲《ほ》しいの。

そんな小島が欲しいの

『浮《う》き島《しま》』で描かれている世界には、こころの平和、人間関係の平和につながっていく穏やかなものを感じます。どこまでも明るく健康的な島のイメージから、うたっていてもうれしくなる、とても気持ちいい曲になりました。

漂って揺れ動いているちいさな島にはいろんないのちが生きていて、豊かで華やいでいます。自然と一体になったここちよい時間には、きのうもきょうも明日もない、無限の時間が流れ、いつまでも昼間で、夜はやってこないかのようです。この翳《かげ》りのない明るくしあわせな世界のなかには、こころの自由が映し出されています。

みすゞの詩に描かれている少女は、ひとりでいることが多いような気がします。この詩の「私《わたし》」もひとりぼっちです。でもたぶん、はだかんぼで海に潜っているだろう少女に、さびしさはなく、むしろ孤独をたのしんでいます。

『學校へゆくみち』という詩にも、そんなひとりをたのしむ少女が描かれています。

學校へゆくみち、ながいから、／いつもお話、かんがへる。／（略）

だけど誰かと出逢つたら、／朝の挨拶《あいさつ》せにやならぬ。／（略）

だから、私はゆくみちで、／ほかの誰にも逢はないで、／

そのおはなしのすまぬうち、／御門をくぐる方がいい。（『學校へゆくみち』より）

みんなとわいわい行くよりも、ひとりでお話を考えているほうが好きなの、という少女の気持ちは、多くの子どものなかにもあります。子どもたちは、ひとりあそびが大好きです。でも、親はひとりでいるよりは、どうしても友だちとあそばせようとします。子どもが望んでいるかどうかに関わらず、ひとりであそんでいるのは、よくないんじゃないのかと思い込んでしまうからです。

いつも側にいて、思いを叶えてくれる……子どもにとって、存在そのものがうれしく、こころの安定感や、やすらぎが得られる……そんな親でありたい。わたし自身もそう思ってきたのですが、現実には多くの親たちと同じく、子どもがこちらを向いたときに、ついよそ見をしてしまっていたことが多かったなあと思い返しています。

大人のわたしだって、「浮《う》き島《しま》」がほしい。ほっとできる存在で、わたしのありのままを黙って受けとめてくれるような……。以前は、ひとにそんな夢を求めていたけれど、いまでは、こころの拠りどころは自分のなかでつくっていくものかなとも思っています。

「浮《う》き島《しま》」は少女の希望をすべて受け入れていますが、少女のために花を咲かせてやろう、何かをしてやろうという、作為的な関係ではなく、ありのままの自然な島の姿が、少女にしあわせを与えています。ここにあるような、誰も無理していない自然でここちよい関係が、ひととひととの間にも、ひろがっていくといいのに、と思います。

子ども時代のみすゞは父を亡くし、母も再婚して自分のもとを離れ、無意識のうちに自分を支えてくれる愛の環境をどこかで求めていたのだろうと思います。いつもひとりでしっかりしなければと思って生きていたからこそ、こうした「浮《う》き島《しま》」の存在を求めたい気持ちもあったのではないでしょうか。

月日貝

西のお空は
あかね色、
あかいお日さま
海のなか。

東のお空
眞珠《しんじゅ》いろ、
まるい、黄色い
お月さま。

日ぐれに落ちた
お日さまと、
夜明けに沈む
お月さま、
逢《あ》うたは深い
海の底。

ある日
漁師《れふし》にひろはれた、
赤とうす黄の
月日貝。

逢うたは深い海の底

この『月日貝』を読んだとき、なんて美しい詩だろうと思って、さっそく作曲したことが思い出されます。仙崎を訪れたときに地元の方にいただいた月日貝は、見事に丸くて、貝殻の片方が濃い赤で、もう片方が薄黄色に輝いていました。まさに太陽と月が出会ったようすに、「月日貝」とは、なんてまた素敵な名前をつけたのだろうと思いました。

西の空の茜《あかね》色、東の空の真珠色、深い海の底の色、太陽や月の光……。この詩には、とても豊かな色彩や光があふれています。雄大な絵画のようでもあります。

みすゞの詩のなかでも、海をテーマにしたものに美しい詩が多いなと気づいたのですが、そのひとつ『光る髪』にも、鮮やかな色と光が描かれています。海に沈む夕日を受けて金色に光っている光《みつ》ちゃんの髪、そのひと筋を金の糸にして、真っ赤な毬《まり》をかがろう、とうたうダイナミックな詩です。

次にあげる『海の色』も、海のもっている光や色を見事に表現しています。

朝はぎんぎら銀の海、／銀はみんなを黒くする。／（略）
晝《ひる》はゆらゆら青い海、／青はみんなをあるままに。／（略）
夜はしづかな黒い海、／黒はみんなをおひかくす。（『海の色』より）

また、海に囲まれた生活環境のなかで育ったみすゞだからこそ、『お魚《さかな》』や『大漁《たいれふ》』、『鯨《くぢら》捕《と》り』など、いのちを育む海をうたうことができたのでしょう。ほかにも、海の向こうへの憧れを感じさせる『帆』や、『浮《う》き島《しま》』『辨天島《べんてんじま》』『波の子守唄』『花《はな》びらの波《なみ》』など、海からのイメージを多彩にうたっています。

森羅万象の象徴である海は、彼女の詩作の原点にもなり、またこころのルーツでもあったのでしょう。みすゞの詩にうたわれた海は、さまざまな顔をもち、さらに壮大なスケールを感じさせてくれます。

海は、眺めているうちにも表情を次々と変えていきます。みすゞは海に、自らのこころをも映し出し、眺めていたのではないかと思うのです。

みすゞの詩が好きだという方に、いちばん好きな詩を訊《たず》ねると、ひとによって実にさまざまな詩をあげてくれます。そこでわたしがいままで気にもとめていなかった詩に、出会うことができます。いま、『石《いし》ころ』『にはとり』『なまけ時計』『しあはせ』などを選んだ知人たちの顔が浮かんでくるのですが、おもしろいことに、それぞれが選んだ詩が、選んだ本人のキャラクターと重なり合っていて、なるほどなと思わせてくれるのです。

みすゞの詩には、多くのひとに向けた強いメッセージを託したものがある一方で、読むひとが自分の姿を重ね合わせて、いろいろに読みとることができる詩があります。こうした詩のたのしみ方ができるのも、みすゞの世界ならではのことでしょう。

実はこの『月日貝』は、わたしにとっては、ずっとロマンチックな恋歌でした。会いたいふたりが、すれちがうように出会うのは深い海の底……。そして別れたあとに残った、ひとつの月日貝……。わたしはなんとも幻想的とも言えるこの詩に、あたたかく豊かな深い愛の世界を感じてしまうのです。

私の髪の

私の髪の光るのは、
いつも母さま、撫《な》でるから。

私のお鼻の低《ひく》いのは、
いつも私が鳴らすから。

私のエプロンの白いのは、
いつも母さま、洗ふから。

私のお色の黒いのは、
私が煎豆《いりまめ》たべるから。

いつも母さま、撫でるから

わたしのいいところは「母さま」のおかげで、悪いところは自分のせいだ、と引き受けてしまうこの子が、せつないほどにいじらしい。

そうした自分自身に突きつけていく姿勢に、茨木のり子さんの詩を思い出しました。

茨木さんの詩『怒るときと許すとき』は、いろんなことを教えてくれるのは歴史でも誰かの助言でもなく、「自分でそれを発見しなければならない」とうたっています。また『自分の感受性くらい』では、「自分の感受性くらい／自分で守れ」と、わたしたちにハッとすることばを投げかけています。いまの子どもたちや大人の意識は、茨木さんのことばを借りれば、「ぱさぱさに乾いていく心を／ひとのせいにはするな／（略）気難しくなってきたのを／友人のせいにはするな」とうたう詩の対極にあって、「苛立つのを近親のせい」にし、「駄目なことの一切を／時代のせい」にしてしまうことが多くはないでしょうか。

みすゞは、母が再婚したため、祖母に育てられました。母と暮らせなかった彼女は、自分が母となっても、「母さま」への思慕が強く、それが詩にもよく表れていると思います。『海を歩《ある》く母さま』や『冬の雨』、『こころ』などに描かれている「母さま」は、いつもやさしく穏やかな存在です。『私の髪の』の母も、ちょっといたずらしたって、いつものように髪をなでて、エプロンを洗ってくれるでしょう。

彼女の理想の母は、どんなことがあっても変わることのない安定した愛情を与えてくれます。育ててくれた祖母の存在が、このあふれんばかりの愛情を降り注ぐ母の姿と、重なっているようにも思えます。

わたしのいいところは、みんな「母さま」のおかげ……。やさしさや愛情をたっぷり感じたときに幼い子どもたちのこころのなかに、ふっとこんな気持ちがわいてくることがあるかもしれません。でもいま、子どもの髪の毛が光るほど、ゆっくりたっぷりと時間をかけてなでてあげられる親はどれほどいるでしょう。むしろ切り刻まれた時間のなかで、単に理想的な親を演じようとしてはいないでしょうか。

わたし自身も、時間に追われながらも、子どものために完璧な母になろう、いつも安定した気持ちで子どもに接しなければ、という思いから、強いストレスに苦しんでいました。それでもまだ、「理想の母」への思いを捨てられず、さらに苦しくなるばかりでした。子どもが大人になった最近になってようやく、そんな思い込みから抜け出ることができた気がします。

みすゞは、あの時代に生まれたために不幸な人生を送ってしまったのでは、と残念に思われることがあります。でも彼女自身は、生い立ちも、生まれた時代も、そして誰をも恨んではいません。みんながしあわせになれるなら、とすべてを受け入れていきました。

彼女の、求めても得られない母への思いが見えないものを感じる力に、そして自分のなかのさびしさを埋めることが詩を書くエネルギーにもなったのかもしれません。

ひとりっ子で、幼いときに父を亡くしたわたしも、そうした空白を埋めるために、音楽をつくっているのかもしれないと思うことがあります。

草原

露の草原
はだしでゆけば、
足があをあを染まるよな。
草のにほひもうつるよな。

草になるまで
あるいてゆけば、
私のおかほはうつくしい、
お花になつて、咲くだらう。

露の草原はだしでゆけば

２００１年９月にはじめてモンゴルを訪れて、『草原』に描かれているような、自然と人間が一体になり、自然のよろこびと人間のよろこびが一緒になれる世界を体感しました。

モンゴルの太陽は朝からすごく元気で、まっすぐ差し込んできます。木は太陽に照らされてピカピカ光っています。風が吹くと、木はもっとたのしそうにキラキラ光り、とてもうれしそうです。そんな光景にしばし見とれていると、そこにいるだけで太陽や木や風から何かをもらって元気になってくる気がしました。

丸いほっぺたの澄んだ瞳の子どもたちは、会った瞬間にからだじゅうでほほえんでくれます。子どもたちのうれしい気持ちが向かってくるのです。子どもたちの発するエネルギーが、わたしのなかにあるエネルギーに力を与えてくれ、ほんとうに感動してしまいました。生きていくって、こういうことなんでしょうね。そのときの写真を見ると、日本から行ったひとたちの顔がみんな子どもみたいで、まるでこの詩のように、いつの間にか自然に花咲く顔になっていました。

日本に帰ってみると、木はそこにポツンとあるだけ。光や風を感じてよろこんでいるふうには見えず、ただ揺らされている、そんな疲れきった木からは何ももらえません。行き交うひとびとからも、生のエネルギーが少しも感じられないことに気づきました。

モンゴルでは、木も、人間も、羊も、馬も、どれがえらいということなく、それぞれ精一杯生きています。いろんないのちが影響し合って、生きているのです。これほどの平和はないだろう、とつくづく思いました。モンゴルに出発したのは、アメリカでテロの起こった翌日でした。その報復戦の行方を見ていると、20世紀の殺戮《さつりく》の時代から何も学んでいないじゃないか、と愕然《がくぜん》とします。いま必要なのは、武器で相手を倒すことではなく、おたがいのいのちを尊重し合う感性なのに、とこころが苦しくなります。

これまで日本人は、知識や経済的な豊かさを目指し、より人間的な情緒の部分、絵や音楽を感じるこころ、文化や知性を大事にすることを忘れてきました。モンゴルのひととふれ合って、高度な文化や知性を感じました。自然と一緒に生きていることの実感が、そうした豊かな感性を育てているのだろうと思います。国や民族をこえて、いまを一緒に生きているという風を、モンゴルから世界じゅうに届けたい……。そんな思いでいっぱいです。

モンゴルのコンサートでは、会場がひとつの家族のようで、とてもやすらぎをおぼえました。聞いている子どもたちや大人からも、たのしみにきたという感じが伝わってきました。そのときうたった立原えりかさんの『しあわせのリボン』の、「あなたのこころとわたしのこころを結びたい」という内容が、実にモンゴルの風土にあてはまっていました。

モンゴルの詩人の詩にも曲をつけたのですが、いのちあるものへのやさしいまなざしに、みすゞの詩につながるものを感じました。みすゞの詩が21世紀のあるべき感性や示唆《しさ》を多く含んでいるように、モンゴルには、わたしたちが生きていくための原点があることを実感しました。モンゴルを訪れたことで、これまでみすゞの詩についてわたしが考えてきたことの、いちばん根っこにふれた気がしています。

みんなを好きに

私は好《す》きになりたいな、
何でもかんでもみいんな。
葱《ねぎ》も、トマトも、おさかなも、
残らず好きになりたいな。

うちのおかずは、みいんな、
母さまがおつくりなつたもの。

私は好きになりたいな、
誰でもかれでもみいんな。
お醫《い》者《しゃ》さんでも、烏《からす》でも、
残らず好きになりたいな。
世界のものはみィんな、
神さまがおつくりなつたもの。

私は好きになりたいな

思春期のころを思い出してください。何もかもがいやになってしまい、「みんな大きらい！」だった方も多いのではないでしょうか。でも、そこを出発点に、自分はこれが好き、これがきらいということを見つけながら個性を確立してきたのだと思います。そして多くのひとは、大人になるにつれて、好ききらいに関わらず、何でもかんでも簡単に受け入れてしまいます。だからあえて「みんなを好きに」なりたいとは思わないのでしょう。

結婚したみすゞは、夫に詩を書くことを禁じられました。ほかにも彼女がどうしても受け入れられずに抵抗を感じる環境や人間関係がありました。でも、悲しんだり苦しんでいてはいけないんだ、自分が好きになれば相手からも好きになってもらえる……。そんな気持ちから、あえて「好きになりたいな」ということばが出てきたのだと思います。

かつて、幼稚園に歌を教えに行ったときのこと。「この洋服好き」「きれいな髪好き」と、わたしの手を握ったり、服の端をつかんでくる子がいました。どうもさびしさを抱えているように見えました。きっとつながりがほしくて、愛着を求めて「好き」と言ってきたのでしょう。みすゞの「好きになりたいな」という思いに通じるものを感じます。

何でもかんでもみいんな、誰でもかれでもみいんな、とにかくみんなを好きになろうとしたみすゞ……。自分から好きになることで、かみ合わない関係性が少しでも埋められると思ったからなのでしょう。

自分を受け入れてほしいという切実な思いは、いじめにあう側の気持ちにも似ているようにも思えます。『蛙』には、そんな思いがうたわれています。

憎《にく》まれつ子、／憎まれつ子、／いつでも、かつでも、誰からも。／

雨が降らなきゃ、草たちが、／／「なんだ、蛙《かへろ》め、なまけて。」と、／／（略）

雨が降《ふ》り出しや子供らが、／／「あいつ、鳴くから降るんだ。」と、／

みんなで石をぶつつける。（『蛙』より）

どっちを向いても立つ瀬がない、どこにも自分の居場所がない……。

『貝と月』という詩も、同じような思いをうたっていると感じさせられます。

白い絲は紺に染まり、白い雲は夕焼けに染まって赤くなる。けれども「青い海に／つかつて、／白い貝はなぜ白い。」「紺《こん》の夜ぞらに／うかんで、／白い月はなぜ白い。」とうたうこの詩の貝と月に、みすゞの姿が重なって、「なぜ、おまえは染まらないのか」と、世間から問われているように思えてくるのです。

でも彼女は『みんなを好きに』で、さらに自分がきらいなものでも、「母さま」や「神さま」がつくったものだから、好きにならなければ、と言い聞かせています。相手とぶつかるのでも、相手の一部を認めるのでもなく、自分よりも大きく強いものに、すっかり自分を委ねてしまいたい。彼女にとって、それは「母さま」であり、「神さま」だったのでしょう。自分を無にして「みんなを好きに」なろうなんて……。そうせざるを得なかったほど、彼女を取りまく現実は、絶望的だったのでしょう。「私は好きになりたいな」と、こころのなかで、そのことばをかみしめているみすゞが、けなげでいとおしく感じられます。

守唄《もりうた》

ねんねよねんね、
日のくれがたは、
つんで來たあかいげんげも
おねんねするよ。
ほそいみどりの
おくびをたれて。

ねんねよねんね、
日のくれがたは、
あの丘《をか》の白いお家も
おねんねするよ。
あをい硝子《がらす》の
お眼《め》をとぢて。

ねんねよねんね、
日のくれがたに、
ほつかりとお眼《め》さますは
電燈《でんき》のたまと、
森のほうほう
みみづくばかり。

あかいげんげもおねんねするよ

みすゞの詩には、こんなやさしい子守歌がほかにもいくつかあります。

ねんねよ、ねんね、ざんぶりこ、／ざんぶり、ざぶりこ、ねんねしな。

（『波の子守唄』より）

「ねんねなさい」は／月の役。／そつと光りを着せかけて、／だまつてうたふねんね唄。

（『葉つぱの赤ちゃん』より）

いまの時代、子守歌をうたってもらって育った子どもは、とても少なくなっているでしょう。そんなことだから、いじめや虐待がおこってくるんだ、と言うひとまでいます。でも、子守歌をうたわなきゃいけない、と義務づけられたようにせかせかした気持ちのままでうたっても、子守歌のCDを流したとしても、それは子守歌とは言えないでしょう。いまは、大人も子どもも、ぼーっとしていることが不安でしょうがないとばかりに、忙しいスケジュールを抱えています。親子がゆっくりと向き合う時間もない……。

確かに、こころもからだも子どもに傾けるのは、とっても時間をとられることです。でも、ゆったりとしたときの流れのなかで耳をすましていれば、子どもが何を求めているのかが見えてきます。その時間を惜しんで、マニュアルをいくら読んだとしても、その子の声は聞こえてくるはずがありません。

母となって、子どもと過ごすことになってわたしが驚いたのは、それまで自分が生きてきた時間とはまったくちがう空気が流れていくことでした。公園に散歩に行けば、いままで聞こえてこなかった音がふっと遠くから聞こえてくる、見えなかった光が見えてくる。ネコがいるんだと気がついたり、木漏れ日の美しさに感動して眺めたり。子どもと寄り添っていることで、流れる時間が3倍にも4倍にも、ふくらんだような気がしました。

たいせつなのは、子守歌をうたうようなゆったりとした気持ちで、子どもと一緒の時間を過ごすこと。そこに一緒にいるということが大事だと思うのです。

子守歌のメロディーがなくてもいい、うたわなくてもいい、話さなくてもいい。おたがいが共有している空気があったかいものであれば、それは「子守歌の時間」だと言えるでしょう。

子どもと、もっとコミュニケーションを、と言われると、じゃあどんな音楽や絵本を用意すればいいのか、子どもには何をやらせたらいいのか、と悩むひともいるでしょう。でも、何かをしなくても、信頼できるひとと一緒にいるだけで、子どもはとっても安心していられるのだと思います。

一日じゅうずっと一緒でなくても、ある限られた時間だけでもいい、ゆったりした気持ちで子どもと一緒の時間を過ごす。日常のせわしさを忘れて、理想郷のような豊かな時間をもちたい。そんな「子守歌の時間」は、大人と子どもの間はもちろんのこと、大人同士のコミュニケーションにも必要なんだろうと思います。

みんながそんな時間を過ごしているなら、世の中はもっと平和でいられるのではないでしょうか。

土《つち》

こッつん　こッつん
打《ぶ》たれる土《つち》は
よい畠《はたけ》になつて
よい麦《むぎ》生《う》むよ。

朝《あさ》から晩《ばん》まで
踏《ふ》まれる土《つち》は
よい路《みち》になつて
車《くるま》を通《とほ》すよ。

打《ぶ》たれぬ土《つち》は
踏《ふ》まれぬ土《つち》は
要《い》らない土《つち》か。

いえいえそれは
名《な》のない草《くさ》の
お宿《やど》をするよ

名のない草のお宿をするよ

見えないものを見るまなざし、みんなちがってみんないい、さまざまないのちが影響し合いながら生きている、そうしたみすゞのメッセージがすべて込められている詩です。「打たれ、踏まれる土」は、身を徹してよい畠やよい路になって役に立っている。そして「打たれず、踏まれぬ」土は、「要《い》らない土《つち》か」と問いかけながらも、「名《な》のない草《くさ》の／お宿《やど》をするよ」と応えています。

がむしゃらに働かなければ、いらない土なのか？　それぞれの土を、社会の役割になぞらえることもできるでしょう。これまでわたしたちが与えられてきた、こう生きるべきだという構図……たとえば、いい学校、いい会社に行くことがしあわせだという……も、いまや覆《くつがえ》され、打たれず踏まれなかった土の存在も、認められてきました。

わたしは、「打たれず、踏まれぬ」そのままでいられる土のほうが、ずっとしあわせな気がします。草のお役に立っていると気負うわけでもなく、気づけば「名のない草のお宿」になっていた……。こんなふうに生きていけたら、すごくしあわせだな、と。

打たれず、踏まれず、「名のない草のお宿になる土」のような存在に目を向けていくことが、平和やしあわせに結びついていくように思うのです。

一つひとつのいろんないのちが尊く、不必要ないのちなんてない。どうぶつ、ひと、枯れた花……どんなものであろうと、尊い存在だということ。あなたがそこにいるだけでいいんだということ。『土《つち》』は、いのちあるものたちへ、力強いエールを送っています。

でも、いのちの尊さを知り、それを詩に表し続けたみすゞが、どうして自らのいのちを断ってしまったのか、不思議に思うことがあります。

時代が変わり、童謡運動の衰退していくなかで、詩を投稿するという彼女自身を映し出す鏡がなくなってしまった、その喪失感が大きかったのでしょうか。目標がもてず、書くことの意味も見えなくなり、さらに夫との子どもをめぐるトラブルや病気もあって、生きるエネルギーをなくしたのでしょうか。

いま生きていたら、みすゞは今年で１００歳、どんな女性だったろうかと想像します。いったいどんなときに、しあわせだと感じていたのだろうかとも……。

いまは、しあわせの定義がとてもむずかしい時代だと思います。人間関係も穏やかではなく、何事も絶えず小刻みに変化していきます。拠《よ》りどころがなく、こころが浮遊したままのわたしたちは、連続するものや変わらぬものに、安定感やこころの穏やかさを求めはじめています。

みすゞの詩には、揺るがないいのちの存在、星や宇宙にひろがっていく雄大なまなざしを感じさせられます。だからわたしたちは、彼女の詩を通して「しあわせ」を実感することができるのでしょう。いのちあるものたちのしあわせ、そして自分が、いまここにいるというしあわせ。

わたしはそんな揺るぎないしあわせを求め、自分の五感をふるわせながら、これからも音楽活動を続けていこうと思っています。

楽譜集

金子みすゞをうたう

詩

金子みすゞ

曲

吉岡しげ美

私と小鳥と鈴と

明るく，軽快に ♩= 120
mf D F♯m Bm Em7 A7 D
1. わ たーし が りょ うてを ひろ げても おそ らは ちっと
2. わ たーし が からだを ゆす っても きれ いな おとー
Bm Em7 A7 G F♯7 Bm E7
も とべない が とべ ることりは わた しのように じべ
は でないけ ど あの なるすずは わた しのように たく
A7 F♯7 Em7 F♯7 1. Bm G Em7 A7
たをはやくは はしれ な い
さんなうたは しらな い
2. Bm A7 f D F♯m G
よ すずと ことりと それ か らわた
F♯7 Em7 D G A7 D
2回目 rit.
し みんな ちがって みんないい

木

ゆったりと，語るように ♩=80
mp
Dm Gm Dm A7 A7
おはながちって みがうれて そのみがおちて はがおちて
Dm C Dm A7 Dm A7 Dm
それからめがでて はながさく そうしてなんべん
Gm Dm Gm A7 Dm
まわったら このきはごようがすむ かしら

お日さん、雨さん

やわらかに，語りかけるように ♩= 88

C Em7 Am7 Em7 Dm7 D7
mp
ほこ りのついた しばくさを あめさんあらっーて
G7 C Am7 Em7 Dm7 G7(onD)
くれました あらってぬれた しばくさを おひさん ほして
G7 C E7 Am Em7 C E7
mf
くれまし た こうしてわたしが ねころんで
Dm7 Am E7 Dm7 Am G7 Am
そらをみるのに よいように そらをみるのに よいように

帆

のびやかに ♩=96
mp
B♭maj7 B♭6 B♭maj7 C7 B♭maj7 Gm7
みな と につい た ふ ね のほ は みん な ふるび
か のおき の あ の ふね は いつ も みなと
B♭m6 C7 F B♭6
て くろ ーいの に はるか の おき を ゆ
へ つか ーない で うみ と おそら の さか
C7 C♯dim7 Dm7 Gm7 C7 1. Gm7 C7 F
く ふね は ひか り かがや く しろ い ほばか り
いめ ばか り はる か にとお く ?い
F 2. Am7 Dm7 Gm7 C7
はる く ーんだ よ はる か にとお く い
Am7 Dm7 Gm7 cresc. C7 Am7
く ーんだ よ はる か にとお く い く ーんだ
Dm7 Gm7 C7 B♭maj7 C7 F
よ かが や きなが ら い く んだ よ

わらひ

明るく，祈るように ♩＝84

こころ

やさしく語りかけるように ♩=86

mp
D Em7(onB) D(onA) A7 D Em7(onB) F♯7 B7
おかあさまは おとなで おおきいけれーど おかあさまの おこころは ちいさい
たしはこどもで ちいさいけれーど ちいさいわたしの ゛こころは おおきい
mf
Em7 A7 D Bm7 Em7 A7 A7
1.
F♯m G Em7 A7 A7
だって おかあさーまは いいました
D Em7 A7 D A7
ちいさいわたしで いっぱいだって わ
2.
F♯m
だって おおきい
G Em7 A7 D F♯m
おかあさまで まだいっぱいに
Em7 D Em7 A7 D
ならないで いろんなことを おもうから

大漁《たいれふ》

情感をこめて ♩=84
mf Dm
Am7
Dm
Dm
Gm
Em7(♭5)
あさやけこやけだ たいりょうだ
おおばいわしの
A7
A7
f Dm
C
たいりょうだ
はまは まつりの
B♭
A7
mp Gm
Dm
A7
ようだけど
うみのなかでは なんまんの
悲しみをこめて
A7
Dm
B♭
A7
Dm
いわしの とむらい するだろう

星とたんぽぽ

ゆったり，やさしく ♩＝88
mp
D
Bm7(onF♯)
Em7
A7
Bm7
1. あ　おい　おそらのそこふかく　うみの　こい
2. ち　って　すが　れたたんぽぽの　かわらの　すき
Em7
A7
A7
Bm7
F♯m7
2×
しのそのように　よるがくるまで　しずんでる
にだァまって　はるのくるまで　かくれてる
Em7
E7
A7
mf
D
F♯m7
ひるのおほしは　めにみえぬ
つよいそのねは　めにみえぬ
みえ　ぬ　けれども
G
Em7
F♯m7
Bm7
Em7
A7
rit.
p
D
あるんーだよ　み　えぬものでも　あるんだ　よ

私

表現豊かに ♩=104
mp
Ab maj7 Bb7 Cm7 Fm7 Bb7
どこにだって わたしが いるの わ
Ab maj7 Bb7 Cm7 Bb7 Eb
たしのほかに わたしが いるの
mf Ab maj7 Gm7 Fm7 Eb Dm7(b5) Eb
とおりじゃみせの ガラスのなかに うちへかえれば
おだいどころじゃ おぼんにいるし あめのふるひは
Ab maj7 Dm7(b5) Bb7 mp Ab maj7 Bb7 Cm7
とけいの なかに みちにまで いるの
わたしのほかに わたし
♩=80
Bb7 Eb G7 Cm G7
が いるの けれどもなぜか
Cm(onEb) Fm Bb7(onD) Eb Ab7maj7 Bb7 Eb
いつみても おそらにゃけっしてないのよ

積つた雪

深く情感をこめて ♩=69
Am
mp
Am
E7
Am
C
mf
1.うえのゆき　さむかろな　つめたい　つきが
2.したのゆき　おもかろな　なんびゃく　にんも
1.
Dm7
E7
さしていーて
2.
E7
のせていて
Am
mf
Am
E7
3.なかのゆき　さみしかろな
Am
C
E7
Am
mp
そらも　じべたも　みえ　ないで

不思議《ふしぎ》

明るく，表情豊かに ♩=120
Dm　B♭　Gm　A7
mp
1~4. わ た し は ふ し ぎ で た ま ら な い
(4回目は少しゆっくり)
Gm　B♭　Gm　Em7(♭5)　A7
(1) く ろ い く も ー か ら ふ る あ め が
(2) あ お い く わ ー の は た べ て い る
(3) だ れ も い じ ー ら ぬ ゆ う が お が
(4) だ れ に き い ー て も わ ら っ て て
Dm　Gm　A7　Dm
mf
4回目 rit.
ぎ ん に ひ か っ て い る こ と が
か い こ が し ー ろ く な る こ と が
ひ と り で ぱ ら り と ひ ら く の が
あ た り ま え だ と い う こ と が

足ぶみ

元気に，たのしそうに ♩=130
mf
C Em F Dm7 G7
Am Em7 Dm7 G7 C
わ ら び み た よ な ー く も が で て そ ら
ひ とり で あ お ぞ ら ー み て い た ら ひ と
ひ とり で あ し ぶ み ー し て い た ら ひ と
ひ とり で わ ら っ て ー し て い た ら だ れ
か らた ち か き ね が ー め を ふ い て こ み
に は ー は る が き まし たー よ
り で ー あし ぶ み し まし たー よ
り で ー わら え て き まし たー よ
か が ー わら っ て き まし たー よ
ち に も は る が き まし たー よ

極樂寺《ごくらくじ》

やさしく，豊かに ♩=96
Em D B7 Em B7
1.ごくらくじの さくらは やえーざ くら
2.よ こーちょの よつかど まがーる とき
D7 B7 Em D7 B7
や えざ くら つかーいに ゆくーとき
ま がる とき よこーめで ちらーりと
Am B7 Em Em D B7
みてーきたよ 3.ごくらくじの さくらは
みてーきたよ 4.わ かめ むすびの
Em B7 D7 B7
つちーざ くら つ ちざ くら
おべーん とで お べん とで
Em D7 B7 Am B7 Em
つ ちの うえばかりにー さいーてたよ
さ くら みに いってみてきたよ

玩具《おもちゃ》のない子が

内面に語りかけるように ♩=84
F B♭ C7 B♭ C7 Dm7 C7
mp
お もちゃのないこが さみしけりゃ おもちゃをやったら なおるでしょう か
F B♭ C7 B♭ C7 B♭ C7 F
あさんのないこが かなしけりゃ かあさんをあげたら うれしいでしょう
少し明るく
Dm7 C7 Dm7 A7
mf
か あさんはやさしく か みをなで お もちゃははこから こぼれてて
少し淋しげに
F C7 Dm7 C7 Dm7 A7 Dm
mp
rit.
そ れでわたしの さみしいは なにを もろうたら なおるでしょう

りこうな櫻んぼ

物語を語るように，表現豊かに ♩=120
mf D G Em7 A7 rit.
とても りこうなさくらんーぼ あるひ はかげでかんがえーる
うれたがさくらんーぼ またも はかげでかんがえーる
こどもがふたりきーた そこで またまたかんがえーる
ゆっくり，自由に，語るように。
Bm G A7 D G Em7
まてよ わたしはまだあおい ぎょうぎのわるい とりのこが
まてよ わたしをそだてたは このきでこのきをそだてたは
まてよ こどもはふたりいる それに わたしはただひとつ
G Em7 A7 D Em7 A7
つつきゃ ぼんぼがいたくなる かくれてるのがしんせつだ
あのとしとーったおひゃくしょうだ とりに とられちゃなるまいぞ
けんか させてはなるまいぞ おちないことが しんせつだ
♩=120 mf D G 1.2. A7 D G
そこでかくれたはのうらだ とりもみないがおひ
そこでおひゃくしょうかごもって とりにきたのにさく
そこでおちたはよる
A7 D G A7 D
さまも みつけないから そめのこす やがて
らんぼ かくれてたので とりのこす やがて
3. A7 ♩=80 G A7 Bm7 F♯7 Em7 A7 ff
よなか くろいおおきなくつがきて りこうなさくらんぼを ふみつけた

夕顔

やさしく語るように，表現豊かに ♩＝96
C Fmaj7 Am7 G7 C Em7
mp
おそらのほしがゆうがおに さびしか
おちちのいろのゆうがおは さびしか
Fmaj7 Em7 1. Dm7 G7 2. Dm7 G7
ないのと ききました いいまし
ないわと
C C Fmaj7 Am7 G7 C
た おそらのほしはそれっきり
さびしくなったゆうがおは
Em7 Fmaj7 Em7 Dm7 G7
すましてキラキラ ひかります
D.S.
Coda
Em7 Fmaj7 Dm7 G7 C
だんだんしたを むきました

犬

情感過多にならないように，心の奥深いところで ♩=112
Em D Bm7 Am D(onF♯)
うちのだりあの さいたひ
さかやのクロは
Em Am B7 Em
に しにました
Em D Bm7 Em Em D
おもてで あそぶ わたしらを おろおろ なーいて
いつでも おこる おばさんが
Em B7 Em Em B7 Am7 D
おりました そのひ
G Em Em G(onD) B7
がっこで そのことを おもしろそうに
C B7 B7 C B7 Em
はなしてて ふっと さみしく なりました

浮《う》き島《しま》

明るくさわやかに ♩=112

月日貝

情感豊かに ♩=120
mp
Em C B7 Em
にーしのおそらーは
ひがしのおーそーら
あーるひりょうしーに
Em G F♯dim7
あかねいろ あかい
しんじゅいろ まるい
ひろわれた あかと
B7 F♯dim7 B7 Em
おひさま うみのなか
きいろい おつきさま
うすきの つきひがい
Fine
mf
Am Em(onG) F♯dim7 B7
ひぐれに おちた おひさまと
Am Am(onC) F♯dim7 B7
よあけに しずむ おつきさま
mp
Am Em(onG) F♯dim7 B7 Em B7
おうたは ふかい うみのそこ
D.C. al Fine

私の髪の

やさしく，あたたかく ♩=104
mp
Dm A7 C7 Dm
わたしの かみの ひかるのは
わたしの エプロンの しろいのは
Dm F A7 Gm Em7(♭5) A7
いつも かあさま なでるから
いつも かあさま あらうから
A7 Dm F Em7(♭5)
mf
わたしの おはなの ひくいの
わたしの おいろの くろいの
A7 Gm Dm(onF) Em7(♭5) A7 Dm
は いつも わたしが ならすから
は わたしが いりまめ たべるから

草原

明るく, さわやかに ♩=104
mf
Fm D♭ B♭m E♭7 C7
つゆの そうげん はだ しで ゆけ ば あ
くさに なるまで ある いて ゆけ ば わた
Fm C7 B♭m Gm7(♭5) C7 Fm
しが あお あおー そまる よ な く
しの おか おはー うつく し い おは
1.
B♭m A♭ Gm7(♭5) C7 Fm
さの におい もー うつー る よ な
2.
B♭m A♭ Gm7(♭5) C7
なに なっ て さ くだ ろ う おは
B♭m A♭ Gm7(♭5) C7 Fm
なに なっ て さくー だ ろ う

みんなを好きに

ことばをはっきり ♩=120
mp
Gm
わたしは すきにな りたいな
わたしは すきにな りたいな
F7 Gm D7
なんでも かんでも みいんな
だれでも かれでも みいんな
Gm
ねぎも トマトも おさかなも
おいしゃさんでも からすでも
F7 Gm
のこらず すきに なりたいな
のこらず すきに なりたいな
mf
Cm F7 Gm
うちの おかずは みいんな
せかいの ものは みィんな
Gm F7 Gm F7 Gm
かあさまが おつくり なったもの
かみさまが おつくり なったもの

守唄《もりうた》

やさしく, あたたかく ♩=76
D F#m(onC#) Bm7 G
mp
ねん ね よ ねん ね ひ の く れ が た は つ ん で き た
ねん ね よ ねん ね ひ の く れ が た は あ の お か の
ねん ね よ ねん ね ひ の く れ が た に ほ っ か り と
Em7 A7 D F#m(onC#) Bm7
3×
あ か い げ ん げ も お ね ん ね す る よ
し ろ い お う ち も お ね ん ね す る よ
お め め さ ま す は で ん き の た ま と
D G(onD) D Em7 A7 D
2×
ほ そ い み ど り の お く び を た れ て
あ お い ガ ラ ス の お め め を と じ て
も り の ほ う ほ う み み ず く ば か り

土《つち》

明るく，元気に ♩= 112
こッつんこッつん ぶたれるつちは よいはたけになって よいむぎうむよ
あさからばんまで ふまれるつちは よいみちになって くるまをとおすよ
ぶたれぬつちは ふまれぬつちは いらないつちか
いえいえそれは なのないくさの おやどをするよ

あとがき

２００3年4月11日は、金子みすゞの生誕１００年にあたります。
わたしがみすゞと出会ったのは、１９８3年12月、朝日新聞の記事でした。ふっくらした20歳頃のみすゞの写真が、まるでわたしに語りかけてくるようでした。「あなたに会えてうれしいわ」と……。

１９８０年代と言えば、バブル期。軽薄短小、ネアカ・ネクラということばに代表されるように、派手なもの、明るさがもてはやされ、少しでも暗さが漂うものは、価値が認められない時代でした。そのとき、みすゞの手書きによる５１2篇の詩が見つかり、よみがえったのです。
「そんなに浮かれていてはだめ！　いま見えているものだけではなく、見えていないものにも目を向けて！」

みすゞの詩にある〝見えないものを見ようとするまなざし〟に大いに感動したわたしは、１９８４年からみすゞの詩に曲をつけ、ピアノの弾き語りによるコンサートをはじめました。でも、当時は、みすゞと聞くや、ただひとこと「暗い」と片づけてしまうひとも多く、冷ややかな状況でした。

それから約20年。社会の変化にともない、いまは、みすゞの詩を読むと、明るいほうへ気持ちが向かっていくし、こころが開かれていく、そして、勇気と未来が感じられる、と多くのひとが感じています。はじめて会ったひとでも、みすゞの詩を話題にすることによって、急激におたがいのこころが近づいていくから不思議です。

当時仙崎を訪れる際、いつも同行者だった3歳の息子は、22歳になりました。手書きの詩集を発見された矢崎節夫さん、そのことを新聞記事にした河谷史夫さん、全集を出版したJULA出版局の大村祐子さん、そして、みすゞの愛娘、上村ふさえさん、みなさんお元気なのが、何よりうれしいことです。

わたしはずっとみすゞの考え方とまなざしに共鳴し、メッセージとして歌を発信し、あるときは詩のなかに見られる、女としてのみすゞに自分を重ねてきました。でも最近、ちょっと変化がおきているのです。

みすゞにいのちを吹き込まれた花や木、ちいさな生きものたちがいじらしく、なんともいとおしく感じられ、涙が出てきたりするし、詩のなかにいる草や石ころ、鳥や風と一緒に生きていけたらどんなにたのしかろう、と思うのです。

いまは、携帯電話やパソコンによって、コミュニケーションが個人対個人になり、相手の家族さえもまったく見えない時代。でも、みすゞワールドのなかで、なんとたくさんのいのちがわらったり、悲しんだりしていることか。

わたしもそのなかのひとつのいのちとなって、ワイワイ、ガヤガヤ生きていきたいな――、と半分泣きべそをかきながら思っています。

1月末に、「月刊クーヨン」で上村ふさえさんと対談をしたときにつないだ手は、やわらかく、あたたかく、とてもやさしく、やすらかな気持ちが伝わってきました。まるで、みすゞの詩を体感しているようでした。その対談後、ふさえさんからお電話をいただきました。これはニュースです。

わたしは、ずっと、なぜみすゞの詩には、母親として自分の子どもを書いた詩がないのか、と疑問に感じていたのですが、ふさえさんによると、『赤い靴』という詩に出てくる〝坊や〟は、どうも、ふさえさんらしいと言うのです。わたしは、いま「なるほど」と大いに納得しています。

仙崎に生まれ育ち、海や自然と対話しながら生きていたみすゞ、その詩に見え隠れする彼女の人生を想うと、けなげで痛々しく、胸がいっぱいになってくるのです。みすゞは、森羅万象を全身で受けとめながら、たくさんのいのちが、それぞれの輝き方で一生懸命存在していることのすばらしさ、たくさんの愛があってわたしたちがこうして生きているのだということを、詩という形で語りかけてくれました。

みすゞさん、どうもありがとう。

わたしは、これからもずーっと、あなたの詩をうたっていくでしょう。

いのちとこころの輝きをたいせつにしながら……。

そして、いのちを育む平和を願いながら。

２００３年3月　吉岡しげ美

金子みすゞ［かねこ・みすゞ］

1903年4月11日、山口県大津郡（現・長門市）仙崎に生まれる。本名はテル。20歳の頃より「みすゞ」のペンネームで投稿をはじめ、雑誌『童話』に『お魚《さかな》』などが、西條八十の選により掲載される。1926年に童謡詩人会に入会、『大漁《たいれふ》』『お魚《さかな》』が『日本童謡集』に収録される。同年、23歳で結婚、長女ふさえが生まれる。1930年3月10日、26歳で死去。1982年に遺稿集が見つかり、1984年に『金子みすゞ全集』（JULA出版局）刊行される。

吉岡しげ美［よしおか・しげみ］

舞台・映画の音楽、テレビ・ラジオの作曲・編曲を手がけ、1977年より女性詩人の詩に曲をつけてうたい、日本をはじめ海外でもコンサートを開く。ＣＤ『みだれ髪』（キングレコード）、『金子みすゞの世界』（東芝ＥＭＩ）『花万葉　21世紀―古代の風にのって』（日本コロムビア）、『わたしが一番きれいだったとき』（APPカンパニー）、『みだれ髪～短歌ルネッサンス・晶子を歌う』『solo～茨木のり子さんに捧ぐ』（ともにHappy Box Disc）、『音楽詩「あのひと」』（フロンティアワークス）、エッセイ集に『想ひあふれて』（毎日新聞社）、『バークレーの小麦たち』（JULA出版局）、『花嫁人形@幸せのゆくえ』（新読書社）、絵本『トクトクぴゅーん』（岩崎書店）など。

はたよしこ［秦 芳子］

おもな絵本に、『そらのたべかたおしえましょう』『うしろをみせて』（以上、すずき出版）、『ゆうくんのぶわぶわふうせん』『おにがきた』『ぼくをだいて』（以上、偕成社）、『かけっこしよう』（岩崎書店）。エッセイ集に『風のうまれるところ』（小学館）。また、陶壁画も手がける。1990年より、「すずかけ絵画クラブ」（ドキュメンタリー映画『まひるのほし』の舞台である）や滋賀県の社会福祉事業団で知的障害者のアートディレクターをつとめている。

本書は、『新装版・金子みすゞ全集』（JULA出版局・1984年）を底本とした。

金子みすゞ
[redacted]
著作保存会

本文中に引用した、『怒るときと許すとき』と『自分の感受性くらい』については、
『茨木のり子集　言の葉2』（筑摩書房／刊）に拠った。

金子みすゞをうたう
みんなを好きになりたいな

吉岡しげ美・著　はたよしこ・絵
発行日　2003年4月第1刷　2007年12月第3刷

発行人　落合恵子
発　行　クレヨンハウス
東京都港区北青山3-8-15
TEL 03-3406-6372　FAX 03-5485-7502
URL http://www.crayonhouse.co.jp
印刷・製本　株式会社シナノ

ISBN4-86101-003-9　C0095
初出［月刊クーヨン］2000年4月号～2002年3月号（クレヨンハウス／刊）日本音楽著作権協会（出）許諾第0303244-703号